Bianca

D1500062

AMARGA NOCHE DE BODAS
Abby Green

WITHDRAWN

Editado por Harlequin Ibérica.
Una división de HarperCollins Ibérica, S.A.
Núñez de Balboa, 56
28001 Madrid

© 2018 Abby Green
© 2019 Harlequin Ibérica, una división de HarperCollins Ibérica, S.A.
Amarga noche de bodas, n.º 2676 - 23.1.19
Título original: Claiming His Wedding Night Consequence
Publicada originalmente por Harlequin Enterprises, Ltd.

I.S.B.N.: 978-84-1307-361-3
Depósito legal: M-35053-2018
Impresión en CPI (Barcelona)
Fecha impresion para Argentina: 22.7.19
Distribuidor exclusivo para España: LOGISTA
Distribuidor para México: Distibuidora Intermex, S.A. de C.V.
Distribuidores para Argentina: Interior, DGP, S.A. Alvarado 2118.
Cap. Fed./Buenos Aires y Gran Buenos Aires, VACCARO HNOS.

Capítulo 1

LAMENTO darle malas noticias, *signorina* Caruso, pero su padre tuvo que pedir numerosos préstamos para poder conservar el *castello*, y ahora el banco amenaza con tomar posesión del mismo, a no ser que usted lo compre al precio del mercado, lo cual es imposible dado que carece de fondos...».

Chiara estaba junto al ventanal del salón en el que había mantenido hacía un par de días la reunión con su abogado tras celebrar el funeral de sus padres.

Desde entonces, aquellas palabras daban vueltas en su cabeza, sumiéndola en una dolorosa confusión: «banco, tomar posesión, carece de fondos». Y no conseguía atisbar otra salida que la de perderlo todo.

El *castello* de la familia era un imponente castillo de varios siglos de antigüedad, ubicado en la costa sur de Sicilia; una propiedad magnífica, que en el pasado había incluido una granja y plantaciones de limoneros y olivos.

Pero desde la recesión en la que el mercado se había hundido, la explotación se había arruinado por la disminución de la demanda. Tuvieron que despedir a los empleados y su padre no había conseguido salvar la producción. Chiara se había ofrecido a ayudarlo en numerosas ocasiones, pero a él, que era anticuado y conservador, no le había parecido apropiado que una chica trabajara. Y Chiara no había sido consiente de hasta qué punto se había tenido que endeudar para mantenerse a flote.

Ese desconocimiento era lo que más la mortificaba. Pero su madre había estado enferma de cáncer y su principal preocupación había sido cuidar de ella. Si Chiara estaba viva y en cambio su padre había muerto, era porque este había decidido acompañar a su madre a su sesión de quimioterapia semanal en Calabria.

Aquella mañana, una semana atrás, le había dicho a Chiara:

–Tienes que conseguir un trabajo. Ya no basta con que cuides de tu madre.

Había usado un tono áspero. Él nunca había disimulado la desilusión que sentía porque Chiara fuera mujer, y porque tras las complicaciones que sufrió su madre en el parto, no pudiera tener más hijos.

Así que Chiara había ido a la ciudad, pero no había ningún trabajo disponible. Nunca había sido tan consciente de lo poco preparada que estaba; y las miradas que le habían dedicado los lugareños le habían hecho sentir paranoica.

Había sido una niña enfermiza, por lo que su madre la había educado en casa. Pero aun después de que mejorara, la habían mantenido aislada en el *castello*. Su padre siempre había estado obsesionado con preservar su vida privada y con la seguridad, y, en cualquier caso, Chiara no tenía ninguna amiga a la que invitar. Entonces su madre había enfermado, y ella se había convertido en su cuidadora.

Al volver a casa tras humillarse en el pueblo buscando trabajo y ver que sus padres todavía no habían vuelto del hospital, Chiara había bajado a su rincón secreto, una pequeña cala que quedaba oculta a la vista del castillo, y se dedicó a su pasatiempo favorito, soñar despierta, ajena al hecho de que sus padres agonizaban en un amasijo de metal tras haber sufrido un espantoso accidente de coche.

Más tarde, lo que la haría sentirse más culpable sería que había estado soñando con su fantasía favorita: que abandonaba el *castello* y recorría el mundo. Conocía a un hombre guapo y descubría el amor y la aventura...

La ironía era de una espantosa crueldad: por fin estaba libre, pero a costa de la pérdida de sus padres; y, por lo que parecía, estaba a punto de perder el único hogar que había conocido.

En momentos así, ser hija única le hacía ser aún más consciente de su soledad. Por eso mismo, desde que tenía uso de razón, había decidido que tendría una gran familia. No quería que un hijo suyo se sintiera tan solo como ella, a pesar del amor de su madre, se había sentido.

Pero si el banco tomaba posesión del *castello*, sentirse aislada pasaría a un segundo plano de sus preocupaciones. ¿Dónde iría? ¿Qué haría?

La realidad era que no estaba preparada en absoluto para la vida más allá del *castello*. A pesar de sus sueños de escapar, el *castello* siempre había sido su referencia, el lugar al que retornar si algún día se marchaba. Y en el que, si era afortunada, viviría con su feliz prole.

La idea de tener que abandonar su hogar era angustiosa... y aterradora.

Notó un empujón en la pierna y al bajar la mirada vio que era el viejo perro de la familia, Spiro, un pastor siciliano que la miraba con ojos lastimeros. Quince años atrás, el cachorro más débil de la camada y casi ciego, había conquistado el corazón de Chiara.

Chiara le acarició la cabeza y musitó palabras de consuelo al tiempo que se preguntaba qué haría con él cuando tuviera que marcharse.

En ese momento, oyó un ruido en el exterior, y Spiro se puso alerta y dejó escapar un ladrido sofocado. Chiara miró por la ventana y vio aproximarse un deportivo plateado.

Entonces recordó vagamente que el abogado había mencionado que un hombre de negocios quería hacerle una oferta. Quizá se trataba de él.

El coche se detuvo en el patio central que, por contraste con el sofisticado y resplandeciente vehículo, pareció de pronto anticuado y desatendido. Irritándose porque un completo desconocido creyera oportuno presentarse sin aviso dos días después de un funeral, Chiara tranquilizó a Spiro y cruzó el *castello* hacia la puerta principal, decidida a decirle a quienquiera que fuera que volviera un día más adecuado.

Ahogó la punzada de pánico que sintió al pensar que quizá no habría un día «más adecuado». No tenía ni idea de cuáles eran los plazos de intervención de un banco. Quizá la echarían antes del fin de semana.

Con el corazón en un puño, abrió la gigantesca puerta de roble. Por unos segundos, el sol la cegó y solo pudo percibir una figura alta que ascendía la escalinata.

Iba a usar la mano como visera cuando el visitante llegó a su altura y bloqueó el sol con su cuerpo. Chiara parpadeó varias veces al tiempo que bajaba la mano.

Tenía ante sí a un hombre distinto a todos los que había conocido. Era el tipo de hombre que solo había visto en sus fantasías y sobre los que había leído en los libros.

Un cabello espeso, negro, algo alborotado, enmarcaba el rostro más hermoso que Chiara había visto en su vida. Los pómulos marcados y la nariz aguileña le daban un aire patricio que reforzaban su altura y porte. Sus labios, como todo él, parecían esculpidos. Su aura misteriosa y un aire de decadente sensualidad provocaron un hormigueó en las partes más íntimas de Chiara.

Se obligó a salir de la parálisis en la que se había caído y preguntó:

—¿Puedo ayudarlo en algo?

El hombre fijó en ella sus penetrantes e inexpresivos ojos marrones y Chiara alargó instintivamente la mano hacia Spiro. A pesar del gesto impenetrable del hombre, Chiara percibió algo volcánico e intimidatorio en él que le provocó un extraño temor, más próximo al deseo que al miedo.

—He venido a ver a Chiara Caruso. ¿Puede llamar a la señora?

Tenía una voz profunda que despertó los sentidos de Chiara. La había confundido con el ama de llaves, pero su familia había tenido que prescindir del servicio hacía tiempo, lo que explicaba el aire general de deterioro que presentaba el *castello*. Así que no tenía sentido sentirse ofendida porque la confundiera con el servicio doméstico cuando, en cierta forma, también era el ama de llaves.

Además, llevaba un vestido sobrio de luto, ni una gota de maquillaje y el cabello despeinado. Nunca había sido especialmente bonita y su figura exuberante no estaba precisamente de moda.

Alzó la barbilla.

—Yo soy Chiara Caruso.

Él la miró con una fría incredulidad.

—¿Usted?

–No sé qué esperaba, pero sí, le aseguro que soy Chiara Caruso. ¿Puedo saber quién es usted?

La mirada del hombre se aceró aún más.

–Soy Nicolo Santo Domenico.

Pareció asumir que el nombre le diría algo, pero no fue así. Chiara preguntó:

–¿Y...? ¿En qué puedo ayudarlo?

Confirmando la sospecha de Chiara, él preguntó a su vez:

–¿No sabe quién soy?

–¿Debería de saberlo? –contestó ella, desconcertada.

Él dejó escapar una risa de incredulidad.

–¿De verdad quiere que la crea?

La arrogancia del hombre era asombrosa. Chiara se cruzó de brazos.

–En absoluto. Voy a tener que pedirle que se marche. Hemos celebrado un funeral esta semana, y no es momento de...

Los ojos del hombre centellearon.

–Al contrario, precisamente por eso es el momento adecuado para hablar. ¿Me permite...?

Dejando a un lado a Chiara, entró en el vestíbulo antes de que ella pudiera impedírselo.

Spiro gruñó y Chiara giró sobre los talones:

–¿Qué cree que está haciendo? ¡Esta es mi propiedad! –exclamó. Aunque se dijo que, técnicamente, ya no lo era.

El hombre se volvió a mirarla. Era verdaderamente espectacular. Tenía hombros anchos, era alto y llevaba un traje negro que le quedaba como una segunda piel sobre su musculosa figura.

Él bajó la mirada hacia el lado de Chiara y preguntó con desdén:

–¿Qué es eso?

Chiara posó la mano en la cabeza de Spiro y contestó:

–Es mi perro y usted no le gusta. Esta es mi casa y quiero que se vaya.

El hombre la miró de nuevo a la cara y Chiara tuvo que hacer un esfuerzo para permanecer inmóvil.

–Precisamente por eso estoy aquí: porque esta ya no es su casa.

Chiara sintió un nudo en el estómago. ¿Lo mandaría el banco?

–¿De qué está usted hablando?

En lugar de contestar, el hombre metió las manos en los bolsillos y recorrió el vestíbulo observando las paredes. Luego comentó como si hablara para sí:

–Llevaba mucho tiempo esperando venir...

Entonces se encaminó hacia el interior y Chiara lo siguió:

–Señor Domenico...

Él se volvió y Chiara tuvo la extraña sensación de que la invasora era ella.

–El nombre es Santo Domenico.

–*Signor* Santo Domenico –repitió ella despectivamente–. O me dice qué hace aquí o llamo a la policía.

Empezaba a sentir pánico. Tenía que ser del banco. ¿Cómo era posible que su abogado no la hubiera advertido?

–¿Dónde está el servicio? –preguntó él.

–No hay servicio –dijo ella a la defensiva.

Él volvió a mirarla con incredulidad.

–¿Cómo han podido arreglárselas?

Chiara sabía que no tenía por qué seguir contestando sus impertinentes preguntas, pero se descubrió diciendo:

–Cerramos las habitaciones que no usábamos y nos ocupábamos de las que seguimos habitando.

–¿Usted y sus padres?

–Sí. Por si no lo sabe, hace dos días celebré el funeral de ambos –dijo ella, confiando en que la noticia le hiciera consciente de lo inoportuno de la ocasión.

–Lo sé. La acompaño en el sentimiento.

Chiara encontró su pésame poco sincero. Antes de que pudiera contestar, él preguntó:

–¿Se reunió con su abogado el otro día?

–Sí. ¿Cómo lo sabe?

–Tras el funeral, lo habitual es que se lea el testamento.

–Claro.

Chiara se reprendió por ser tan paranoica. Si no lo había enviado el banco, aquel hombre tenía que ser el hombre de negocios del que le había hablado el abogado. Tenía que calmarse. No podían echarla sin un proceso previo de desahucio.

–Entonces sabrá que está en peligro de perder el *castello* a no ser que consiga los fondos para pagarlo –el hombre hizo una pausa y miró alrededor–. Disculpe si me equivoco, pero no me parece que vaya a conseguirlo.

–¿Representa usted al banco? –preguntó Chiara finalmente.

Él negó con la cabeza y esbozó una inquietante sonrisa de superioridad que hizo que Chiara quisiera abofetearlo.

–Entonces ¿por qué tiene esa información?

Él se encogió de hombros.

–Tengo mis propias fuentes... Y hace tiempo que tengo un especial interés en el *castello*.

–¿Un interés especial? –Chiara no comprendió su críptica respuesta.

Él la miró fijamente y Chiara intuyó que no iba a gustarle lo que iba a decir.

–Muy especial. Porque resulta que el *castello* me pertenece. Para ser más precisos, a mi familia, los Santo Domenico.

Nico miró a la mujer que tenía ante sí y cuyo sencillo aspecto, con un vestido negro holgado y sin maquillaje, había hecho que la tomara por el ama de llaves. Sin embargo, en aquel momento adoptó una actitud patricia, la espalda recta, los hombros hacia atrás...

Por un instante se sintió culpable al recordar que sus padres acababan de morir, pero entonces se recordó que hacía décadas que su familia esperaba que llegara aquel instante. Su padre había muerto sumido en el dolor y muchos otros miembros de su familia habían padecido por lo que había hecho la familia de aquella mujer. También él había tenido que aguantar toda su vida las burlas: «ya no eres un poderoso Santo Domenico. No eres nada...».

Pero eso había cambiado. Había logrado por sí mismo dejar atrás la pobreza y alcanzar un éxito espectacular. Por fin había llegado el momento de recuperar su herencia familiar y arrebatársela a quienes se la habían robado años atrás.

Desafortunadamente, su padre había muerto antes de poder ver que el *castello* volvía a manos de la familia, y no había podido visitar el cementerio en el que descansaban sus ancestros. En una ocasión había acudido con las cenizas de su propio padre para pedir que le dejaran esparcirlas en el antiguo cementerio familiar, pero le habían echado como si fuera un pordiosero.

Nico no había olvidado la humillación y la rabia que habían irradiado los ojos de su padre, ni el día que le dijo: «Prométeme que algún día reclamarás nuestro legado. Promételo».

Y en aquel instante estaba a punto de cumplir su promesa. Pero en lugar de sentirse exultante, Nico estaba molesto consigo mismo porque estaba más interesado en los ojos verdes claros de Chiara Caruso y en que no era tan vulgar como le había parecido inicialmente. De hecho, había algo refrescante en su naturalidad, tan opuesta a la artificiosidad de las mujeres con las que él solía salir.

Chiara sacudió la cabeza y frunció el ceño.

—¿Qué quiere decir? Este *castello* pertenece a mi familia desde hace siglos.

—¿Está segura? —preguntó él con aspereza.

Chiara titubeó.

—Pues, claro...

—Puede que, como su padre, sea una experta en negar la realidad. ¿Quiere que crea que no sabe nada de lo que sucedió?

Chiara palideció.

—No meta a mi padre en esto. ¿Cómo se atreve a presentarse aquí con ese cuento? —extendió el brazo hacia la puerta de entrada—. Márchese. No es bienvenido.

Por un instante, Nico volvió a sentirse culpable y pensó en concederle dos días de luto antes de volver a visitarla. Pero la última frase de Chiara había sido precisamente la que había recibido su padre cuando quiso que le dejaran acceder a su cementerio, y Nico decidió plantarse.

—Me temo que es usted quien no es bienvenida aquí. Al menos no por mucho tiempo. Solo es cuestión de semanas que el banco tome posesión del *castello*.

Chiara miró al hombre, que parecía tan inamovible como una estatua de piedra y no pudo evitar sentir curiosidad. Quizá no estaba loco y creía verdaderamente lo que decía.

—¿Por qué cree que el *castello* le pertenece?

—Porque es verdad. Mi familia lo construyó en el siglo XVII.

Chiara creyó encontrar un error. El *castello* era antiguo, pero no tanto.

Él continuó:

—Por aquel entonces, los Santo Domenico eran dueños de esta propiedad y de casi toda la tierra y pueblos, desde aquí a Siracusa.

Chiara sacudió la cabeza con incredulidad. Era imposible que una sola familia hubiera poseído un territorio tan extenso.

—Mi familia ha sido dueña de este *castello* desde tiempos inmemoriales. Nuestro apellido está tallado en piedra en el dintel de la puerta.

Él hizo un gesto despectivo.

—Cualquiera puede hacer eso. Su familia se apoderó del *castello* antes de la Segunda Guerra Mundial. Los Caruso eran nuestros contables. Cuando tuvimos dificultades económicas, se ofrecieron a ayudarnos. Acordamos poner el *castello* como aval y la condición de que en cuanto pudiéramos devolver el dinero, el *castello* volvería a nuestras manos. Entonces estalló la guerra. Una vez acabó, su familia se aprovechó del caos subsiguiente. Dijeron no saber nada del acuerdo y destruyeron toda la documentación. Había tanta gente reclamando sus antiguas propiedades tras la guerra, que las autoridades decidieron que estábamos intentando aprovecharnos de la situación. Éramos muy poderosos, y mucha gente se alegró de vernos caer.

Tomó aire y continuó

–Lo perdimos todo. Su familia se negó a negociar. Nuestra familia tuvo que emigrar y desperdigarse. Muchos fueron a Estados Unidos. Nosotros nos quedamos en Nápoles porque mi abuelo se negó a dejar Italia porque siempre confió en volver aquí antes de morir. Como mi padre. Ninguno de los dos lo ha conseguido.

Chiara no lograba asimilar lo que oía.

–No he oído hablar de su familia en toda mi vida.

Él la miró con severidad.

–Lo dudo. Nuestra familia forma parte de las leyendas locales.

Chiara se ruborizó al pensar en lo aislada que había vivido. Apenas había ido a la ciudad y cuando lo hacía era consciente de que la gente la miraba mal. Siempre había creído que era por su aspecto, pero si había algo de verdad en los que decía aquel hombre, quizá...

Sintiéndose vulnerable, repitió:

–No tiene pruebas de lo que dice.

Él enarcó una ceja.

–Acompáñeme.

Salió y Chiara se quedó paralizada antes de seguirlo. El hombre se detuvo en el patio principal, miró a un lado y a otro y entonces se dirigió con paso decidido hacia la capilla y el cementerio de la familia, en el que Chiara había enterrado a sus padres hacía apenas dos días.

Al darse cuenta de que ese era su destino, lo llamó:

—Deténgase. Esto es ridículo.

Él continuo como si no la oyera, pero en el último momento, cambió de rumbo y fue hacia una verja próxima cubierta de follaje

Chiara lo alcanzó sin resuello.

—¿Qué está buscando? Ese es el antiguo cementerio.

Ella nunca había entrado porque la vieja ama de llaves le había dicho que estaba embrujado. Chiara sintió un escalofrío. ¿Habría sido una manera de evitar que averiguara algo relacionado con lo que aquel hombre afirmaba?

Él apartó las ramas hasta encontrar el cerrojo, lo abrió y dijo en tono sombrío:

—Vamos.

Chiara no tuvo opción. El sol apenas penetraba a través de las nudosas ramas de los árboles. Caminó con cautela por el desnivelado suelo, confiando en no estar pisando tumbas.

Él había llegado al fondo y apartaba unas ramas para dejar algo al descubierto. Al llegar, Chiara vio que se trataba de una lápida. Él le tomó el brazo y dijo bruscamente:

—Mire.

Chiara enfocó la mirada y cuando pudo descifrar la escritura tallada en la piedra, se le desplomó el corazón:

Tomasso Santo Domenico, nacido y muerto en el Castello Santo Domenico,1830-1897.

Castello Santo Domenico. No *Castello* Caruso.

—Era mi tatarabuelo.

Chiara miró alrededor y pudo ver la inconfundible silueta de varias lápidas cubiertas de follaje que parecían mirarla acusadoramente. El espacio se encogió y sintió claustrofobia. Soltándose de Nicolo, se fue precipitadamente con la piel sudorosa por el pánico. Se tropezó con un montículo y gimió, pero finalmente alcanzó la verja y salió a la reconfortante luz del sol con la cabeza dándole vueltas.

Nico permaneció en el cementerio, percibiendo solo vagamente que Chiara se iba. Aquella prueba de que aquel era el legado de su familia lo había sacudido hasta la médula.

Unos minutos antes, al ver la sorpresa de Chiara, había llegado a dudar de que aquel gran edificio tan deteriorado hubiera pertenecido a su familia, que esta hubiera sido alguna vez la familia más poderosa del sur de Sicilia. Parecía casi imposible cuando solo recordaba la amargura de su padre y de su abuelo cuando lo afirmaban. Tal vez solo habían soñado aquella caída en desgracia.

Pero no. Aquel frío cementerio era la prueba irrefutable de que en un tiempo habían vivido y muerto allí sus antepasados. Y de que él tenía todo el derecho a reclamarlo como suyo.

Sabía que era cruel presentarse ante a Chiara un par de días después del funeral de sus padres, pero él no se caracterizaba por ser compasivo. Y descubrir que su familia había sido abandonada en aquel desatendido cementerio no lo impulsó a ser más misericordioso.

Salió a la luz y se aflojó la corbata para respirar mejor. Chiara Caruso se había ido y, sin embargo, él sentía que su expresión de espanto y sus ojos verdes lo acompañaban.

En su mano persistía la sensación de haberle tocado el brazo. Era musculoso y delgado, lo que apuntaba a un cuerpo torneado bajo aquella ropa amorfa. Desconcertantemente, el contacto lo había excitado y su sangre seguía alterada; una reacción que quería atribuir a la intensidad del momento.

Caminó hasta el extremo del basto terreno baldío que descendía hasta el mar. A un lado crecían los pinos, al otro, arbustos de ramas retorcidas.

Sus tierras.

La sangre se le aceleró al pensar en sus antepasados pudriéndose en sus tumbas. Una cosa era saber que alguien había usurpado la propiedad familiar, otra, encontrar las pruebas definitivas de ello.

Desde que había entrado en los terrenos del *castello* había tenido una extraña sensación de pertenencia, de que estaba en su hogar. Una sensación tan desconcertante como el sentimiento que Chiara Caruso había despertado en él.

Y, sin embargo, mientras contemplaba aquella vista que los Caruso habían robado a los Santo Domenico, las circunstancias ya no le parecían tan evidentes como hacía un rato. Aunque no quisiera admitirlo, la reacción de desconcierto de Chiara Caruso había parecido completamente genuina.

Había acudido allí aquel día para presentarle un acuerdo que le permitiera recuperar el *castello* lo antes posible, ofreciéndole bastante dinero como para que se lo cediera y luego se fuera lejos, a algún lugar donde la última Caruso se perdiera en el anonimato.

Pero el interés que Chiara había despertado en su mente y en su cuerpo había difuminado los límites y le hacía titubear. Recordó una conversación reciente con su abogado:

«Nico, eres un agente libre, y eso te ha ido bien. Has conseguido tu fortuna alterando el *statu quo* y escarmentando a quienes te infravaloraban. Pero ha llegado el momento de consolidar y expandir tu posición. El mercado permite que seas un granuja si tienes una vida privada respetable. Pero ahora mismo estás perdiendo negocios porque la gente no confía en ti. No tienes familia, no tienes nada que perder...».

Nico frunció el ceño. Durante una reciente cena de beneficencia que había organizado en Manhattan en la que hablaba con un titán de la construcción sobre un posible acuerdo, la mujer de este se le había insinuado abiertamente. Y a pesar de que él había dejado claro que no estaba interesado, al día siguiente, el hombre en cuestión, con el que había concertado una cita, se había negado a volver a verlo.

Lo cierto era que llevaba tiempo pensando en casarse, incluso antes de que su abogado le dijera que no tener una familia estaba perjudicando su reputación; así que había estado preparándose para tener que introducir algunos cambios en su estilo de vida.

Lo más sorprendente era que la idea no le desagradaba del todo. Empezaba a cansarse de su vida hedonista; de las relaciones con mujeres cuyos ojos brillaban con codicia.

Y mientras que durante un tiempo había encontrado atractiva la idea de una mujer que supiera moverse en esas esferas, en el presente, pensar en sentar la cabeza con una mujer así, hacía que se le contrajeran las entrañas. En la misma medida que la posibilidad de envejecer en una gran ciudad, como Nueva York, o Londres.

Al aspirar el olor a mar y tierra que lo rodeaba, tuvo una nueva visión de sí mismo, una visión de futuro que le permitiría alcanza el tipo de éxito con el que siempre había soñado. Un futuro que incluía una esposa que le proporcionaría la respetabilidad que tanto necesitaba, que le daría una familia y que insuflaría una fuerza renovada al apellido Santo Domenico. Una mujer que lo complementara y que fuera consciente del valor del legado familiar.

Nico supo con toda nitidez qué necesitaba. La idea era audaz y contradecía sus planes originales, pero no era totalmente descabellada.

Tras unos minutos, Nico se encaminó hacia el *castello*. La única persona que se interponía entre él y sus planes de futuro, Chiara Caruso, se había convertido en la única persona que podía asegurarle que los llevara a cabo con éxito.

Capítulo 2

CHIARA bebió un sorbo de brandy y sitió que le quemaba la garganta. Era la primera vez que lo probaba, pero cuando el alcohol se asentó en su estómago, irradiando un reconfortante calor, entendió por qué la gente lo bebía.

Oyó pasos firmes aproximarse y dejó la copa en una bandeja de plata.

Para cuando Nicolo entró, ella se asía las manos a la espalda y proyectaba una imagen sosegada a pesar de que se sentía como si le hubiera pasado una apisonadora por encima.

Él se detuvo delante de ella, incomodándola con su proximidad.

–¿Un cementerio con las tumbas de mis ancestros le basta como prueba? –preguntó con frialdad.

Chiara caminó hacía el extremo opuesto de la habitación con Spiro pisándole los talones.

–No-no sé qué decir –contestó finalmente–. No tenía ni idea de...

Él alzó la mano para interrumpirla.

–Por favor, no tiene sentido que siga aduciendo no tener conocimiento de la situación –bajó la mano y entornó los ojos–. A no ser que sus padres le advirtieran de que al estar el *castello* en peligro, un Santo Domenico podría aparecer para reclamarlo.

Chiara negó con la cabeza a la vez que se preguntaba qué sabían de todo aquello sus padres

–No, jamás me dijeron nada, ni oí nada.

–Eso es imposible, a no ser que haya vivido como una reclusa –dijo él, escéptico.

Chiara habría querido que se la tragara la tierra. Aquel hombre no sabía hasta qué punto había metido el dedo en la llaga.

Se obligó a reaccionar.

–Por más que lo que dice pueda ser cierto, tal y como demuestra el cementerio, en este momento el *castello* está tan fuera de su alcance como del mío. ¿No debería hablar con el banco en lugar de conmigo?

Nicolo Santo Domenico la observó tan prolongadamente que Chiara estuvo a punto de exigirle que parara. Se sentía como un espécimen de laboratorio, y le mortificaba sentirse tan vulgar por comparación con la gloriosa vitalidad que él irradiaba.

Entonces él preguntó abruptamente:

–Supongo que preferiría seguir siendo la dueña del *castello*.

Una punzada de dolor atravesó el corazón de Chiara al imaginarse que tenía que abandonarlo.

–Por supuesto, es mi hogar. Toda mi familia está enterrada aquí.

«Como la de él», le recordó su conciencia.

–Lo único que le impide conservarlo es la falta de financiación.

Chiara domino su irritación.

–No necesito que me lo recuerde.

–Pero yo sí la tengo.

Chiara lo miró desconcertada.

–¿Ha venido a humillarme de parte de su familia para que sepa que está en su mano comprar el *castello*?

Él sacudió la cabeza mientras seguía mirándola fijamente.

–No haría algo tan mezquino. Quiero decir que le puedo proporcionar el dinero necesario para conservar el *castello*.

–¿Por qué haría eso? –aquel hombre no parecía ni remotamente caritativo. Y además, odiaba a su familia.

–Lo haría porque si tuviera que negociar con el banco, el proceso sería largo y tedioso. El *castello* necesita reparaciones urgentes y yo llevo mucho tiempo esperando este momento.

Chiara seguía sin comprender.

–¿Y cómo encajo yo en todo eso?

–Hasta que el banco tome posesión, usted sigue siendo la propietaria. Si paga la deuda lo conservará. Le estoy ofreciendo un acuerdo para que pueda hacerlo.

Ella lo miró con suspicacia.

–¿Por qué iba acceder?

–Porque de esa manera no tendría que abandonarlo. ¿No es eso lo que quiere?

Chiara estaba cada vez más perpleja.

–Sí, pero... ¿cómo sugiere que lo hagamos?

Chiara sintió que él la atravesaba con la mirada cuando dijo:

–Es muy sencillo. Casándose conmigo lo antes posible.

Chiara miró a Nicolo Santo Domenico consternada. Finalmente logró articular palabra.

–¿Por qué iba a querer usted casarse conmigo?

Estaba segura de que no tenía nada que ver con el tipo de mujeres con las que él salía. Ella había devorado las revistas de moda durante años, lamentando tener el cabello hirsuto y un cuerpo voluptuoso. Además, no tenía el menor estilo vistiendo. Conocía bien sus limitaciones.

–Como le he dicho, las negociaciones con el banco llevarían meses. Si nos casamos, el *castello* sería mío en mucho menos tiempo.

Chiara por fin comprendió y le pareció inconcebible que pudiera ser tan arrogante y prepotente. La mera idea de tener una relación íntima con alguien como él le resultaba odiosa, pero aun así... no podía negar la palpitación que sentía en su interior desde que lo había visto.

–Ya ha dicho suficiente. Su propuesta es absurda. No pienso casarme con un completo desconocido.

Él la miró fijamente antes de ir bruscamente hacia la ventana y Chiara no pudo evitar posar la mirada en sus anchos hombros y en los puntos en los que la tela de la chaqueta se ajustaban a sus músculos.

Él se volvió y dijo:

–Debería haber supuesto que aprovecharía la oportunidad de obstaculizar los planes de un Santo Domenico, pero ha de saber que voy a adquirir el *castello* con o sin su ayuda.

–Le he dicho que no tenía ni idea de nada –dijo ella desasosegada–. ¿Por qué iba a querer ponerle dificultades? Lo que pase con el *castello* cuando el banco tome posesión no está en mis manos.

–A no ser que se case conmigo.

No bromeaba. Por un instante, Chiara se imaginó abandonando el *castello* donde descansaban sus padres y estuvo a punto de derrumbarse. Se sentó en la butaca más próxima por temor a que le fallaran las piernas y miró a Nicolo.

–¡Cómo puede hablar de casarse conmigo cuando me desprecia a mí y a mi familia! ¿Y por qué iba a acceder a casarme con un hombre que solo quiere el *castello*?

Al encontrarse de nuevo con Chiara Caruso en aquella habitación, Nico se había convencido de que su plan era bueno. Él tenía muy claro por qué debía acceder ella a casarse: para devolverle parte de la inmensa deuda que su familia tenía con la de él. ¿Qué mejor esposa podía elegir que una mujer siciliana tradicional que estuviera en deuda con él?

–Me lo debe. Es la última Caruso, y yo el último Santo Domenico.

Chiara se puso en pie, agitada.

–¡No le debo mi vida!

–¡Las vidas de mis antepasados que descansan ahí fuera han sido borradas de la historia!

Nico se dio cuenta de que si se casaban, el apellido Caruso también desaparecería para siempre. Era una cuestión de karma.

Chiara entrelazó las manos a la altura de la cintura y Nico percibió sus senos llenos y elevados moviéndose agitadamente debajo de la ropa. Una punzada de deseo se asentó en su ingle y el esfuerzo con el que tuvo que contenerlo lo desconcertó.

Tenía que admitir que la atracción que sentía era inusual y que había inspirado su audaz plan, aunque Chiara no fuera ni remotamente su tipo. Pero había algo en su cuerpo exuberante y voluptuoso que lo seducía a un nivel básico, primario.

Antes de acudir a verla, se había documentado sobre Chiara Caruso. Había encontrado algunas fotografías y muy poca información, como si ni hubiera ido a la universidad ni hubiera trabajado.

En aquel momento lo estaba observando con sus ojos verdes muy abiertos, y Nico sintió un súbito calor, como si pudiera leerle la mente, algo que resultaba muy desconcertante para alguien que acostumbraba a mantener sus pensamientos más profundos guardados bajo llave.

Pero eso no le hizo cambiar de idea. Había acudido a Sicilia a reclamar el legado de su familia y en aquel instante se juró que no se iría sin hacer de aquella mujer su esposa. Costara lo que costara.

Dijo:

—Le estoy proponiendo un matrimonio de conveniencia. Yo pongo el dinero para pagar la deuda con el banco y, a cambio, usted se casa conmigo y firma un contrato que me otorga la posesión exclusiva del *castello*. Al casarse conmigo, tendrá derecho a vivir aquí el resto de su vida.

Ella palideció.

—¿Se ha vuelto loco?

—En absoluto. Por si no me estoy explicando bien: para mí este matrimonio sería una alianza comercial y una forma de tener herederos. Gracias a ellos, mi apellido volverá a florecer tras haber perdido el prestigio del que había gozado durante siglos.

«¡¿Herederos?!». Chiara sintió una sacudida.

—Pero yo... ¿Por qué iba a casarse conmigo cuando puede elegir a cualquier otra mujer?

—Ya le he dicho que no quiero tener que tratar con el banco. Y puesto que no tengo intención ce casarme por amor...

—¿Por qué no? —por un instante Chiara tuvo curiosidad por saber si había alguna explicación para que tuviera aquella sangre fría.

Nico sintió un nudo en el estómago. Porque su madre los abandonó cuando él tenía apenas unas semanas y su padre se convirtió en un amargado. Porque la gente usaba el amor para manipular. Él mismo había estado a punto de perderlo todo porque creía amar a una mujer. Afortunadamente, había recuperado el juicio a tiempo. Y nunca olvidaría esa lección.

–Porque no creo en él –contestó–. En cuanto a elegirla como esposa... Con ello el *castello* sería mío y, en términos prácticos, usted ha crecido aquí y lo conoce a la perfección. Cuando empiecen las obras de renovación y yo tenga que viajar a mis oficinas de Nueva York, Londres y Roma, será muy útil que haya aquí alguien para dirigirlas.

Chiara no salía de su perplejidad.

–Lo que quiere es un jefe de obras, no una esposa. ¿Cómo piensa que puede tener...hijos... dentro de un matrimonio sin amor?

En ese momento Nico vio algo a la espalda de Chiara. Fue hasta una mesa baja y tomó una fotografía enmarcada en la que estaba ella con sus padres. Con gesto desdeñoso, dijo:

–¿Quiere hacerme creer que la suya fue una familia feliz?

Chiara se estremeció. Su madre y ella sonreían, pero su padre tenía su acostumbrada expresión sombría.

Odiando a Nicolo Santo Domenico con una intensidad que la sorprendió, le arrancó la fotografía de las manos diciendo:

–Aunque no siempre reinara la armonía, fuimos felices a nuestra manera.

«Mentirosa», le susurró una voz interior a la vez que devolvía la foto a su sitio.

–Usted sabe que eso no es verdad. ¿No cree que es mejor que un niño crezca en un ambiente en el que sus padres formen un equipo basado en el respeto mutuo en lugar de en algo tan efímero como el amor?

–¿Acaso usted me respeta?

–Personalmente, no tengo nada contra usted. Mi padre y sus antepasados crecieron despreciando a la familia Caruso. Estaban cegados por la emoción, por eso fracasaron. Yo voy a tener éxito porque he eliminado de mi vida cualquier sentimiento.

Lo había hecho hacía tiempo: el día que descubrió a su amante en la cama con su mejor amigo.

Había ido a Nápoles con su amigo a firmar un gran contrato, pero su novia había creído que era este quien lo había conseguido y, apostando por el que creía vencedor, lo había seducido.

Al descubrir su error, le había suplicado que la perdonara; pero Nico había roto con ella y desde entonces había abrazado la frialdad.

Chiara Caruso no era el tipo de mujer que pudiera despertar sentimientos perturbadores ni pasiones. Era perfecta.

–Al igual que para restablecer el apellido Santo Domenico al lugar que le corresponde, mi propuesta es buena desde un punto de vista práctico. Esta región de Sicilia tiene un enorme potencial y lleva años desatendida. Mis planes van más allá del *castello*. Y usted, Chiara, puede contribuir a esa prosperidad mejor que nadie.

Chiara no daba crédito a la frialdad de aquel hombre: estaba dispuesto a casarse por pura conveniencia y para tener herederos. Ella no era más que un medio para alcanzar su objetivo.

Se puso en pie.

–¿Por qué no se limita a comprarme el *castello* antes de que el banco intervenga?

–Ese era el plan original. Pero he cambiado de idea al... conocerla. Le estoy dando la oportunidad de quedarse en su hogar.

«Como su esclava», pensó Chiara. Pero estaba decidida en ocultar hasta qué punto estaba intimidada.

–Bien, por el momento, yo sigo siendo la dueña del *castello*, *signor* Santo Domenico; y usted es el último hombre con el que yo me casaría.

Él permaneció impertérrito.

–¿Está dispuesta a dejar el *castello* para siempre? Yo diría que es el tipo de mujer que había soñado con casarse y formar aquí una familia.

Chiara se sonrojó. ¿Tan evidente era su anhelo de poblar aquel lugar con una familia feliz? Pero su fantasía también había incluido viajar por el mundo y volver al *castello* con el amor de su vida.

Sintiéndose desnuda, replicó en tensión:

–Usted no tiene ni idea del tipo de mujer que soy. Ahora, si ha concluido, le ruego que se marche.

Una vez más, Nico se sintió asaltado por la culpabilidad al recordar las tumbas recién cavadas en el cementerio. Las ojeras que rodeaban los ojos de Chiara y la dignidad que exhibía le hacían sentirse incómodo. De pronto la veía frágil en aquella enorme habitación, con la sola compañía de un perro viejo.

¿Sería una reclusa?

Apagó aquella chispa de curiosidad. Chiara Caruso era un medio para un fin; lo demás daba lo mismo.

Sacó una tarjeta de visita del bolsillo y se la tendió. Ella la tomó con desgana y al fijarse en sus manos delicadas, el cuerpo de Nico despertó, sorprendiéndolo una vez más, al imaginarlas tocando su cuerpo desnudo,

Apretó los dientes.

–Ahí tiene mi teléfono. Me alojo en una villa cerca de aquí hasta mañana al mediodía. Tiene hasta entonces para reflexionar sobre mi oferta. Si no me llama, asumiré que no le interesa.

Chiara miró la tarjeta atentamente con la cabeza inclinada. Un mechón de cabello le caía sobre los hombros y brillaba con un suave tono caoba. La mirada de Nico se desvió a su cintura y tuvo la convicción de que la ropa ocultaba una figura femenina clásica, de las que habían dejado de estar de moda hacía años, pero que en aquel momento le resultaba extrañamente atractiva.

Por un instante se preguntó si la idea de casarse con ella no sería una locura. En principio, lo intrigaba, ¿pero seguiría interesándolo con el paso del tiempo? ¿Lo atraería sexualmente?

Si el deseo que despertaba en él servía de termómetro, su cuerpo le estaba diciendo que sí. Y Nico pensó en cuánto tiempo hacía que no deseaba a ninguna de las mujeres delgadas y angulosas que lo acompañaban habitualmente.

Además, él necesitaba un mujer que cuidara de sus hijos, que no los abandonara, y aunque no pudiera confiar en ninguna mujer, al menos Chiara valoraba la tradición y el valor del legado familiar. Por otro lado, y visto el estado de deterioro del *castello*, había carecido de muchos de los lujos que él podría proporcionarle y a los que en poco tiempo ella no podría renunciar.

Pero Chiara evitaba mirarlo y eso lo desconcertaba. Estaba acostumbrado a que las mujeres lo miraran con adoración y deseo, sobre todo por su cuenta corriente, y no estaba acostumbrado a aquel... desinterés. O animadversión. Y aunque le resultaba refrescante, también lo irritaba.

–Chiara... –dijo crispado.

Ella alzó entonces la cabeza. En sus ojos ardía la indignación:

–No le he dado permiso para que me llame por mi nombre.

Nico no pudo sino admirar su entereza. Poca gente osaba ponerlo en su sitio, y fue consciente de que la había infravalorado.

– *Scusami. Signorina* Caruso. Le estoy ofreciendo permanecer en su casa familiar, que es mucho más de lo que su familia ofreció a la mía. Piénselo.

Chiara intentó infructuosamente dejar de mirar aquellos ojos oscuros que la mantenían cautiva. El aire vibraba con la electricidad que cargaba el ambiente.

Quería quedarse sola para poder asimilar lo que acababa de suceder, así que dijo lo único que sabía que le haría irse:

–De acuerdo, consideraré su oferta.

Nicolo Santo Domenico inclinó la cabeza y se fue; Spiro trotó tras el como si quisiera asegurarse de que se iba.

Chiara solo se movió cuando oyó alejarse el ruido del motor. Al mirar por la ventana tuvo una última visión de un destello plateado. Sintió un escalofrío.

Lo primero que hizo fue llamar a su abogado y pedirle las escrituras del *castello*.

El tono alarmado de la respuesta que obtuvo, preguntándole por qué quería verlas, solo contribuyó a incrementar su inquietud.

–¿Es verdad que pertenecía a otra familia? –preguntó ella a bocajarro.

El abogado guardó silencio y entonces Chiara oyó unas palabras confusas, como si pidiera a alguien que cerrara la puerta.

El hombre volvió a preguntar:

–¿Por qué le interesa esa información, *signorina* Caruso? Lo único que le importa saber es que el *castello* le pertenece hasta que el banco tomé posesión.

–Dígame la verdad –dijo ella en tensión.

–Está bien –replicó él suspirando–. El *castello* perteneció a otra familia hasta la Segunda Guerra Mundial, pero la familia Caruso posee las escrituras desde hace décadas. No sé por qué...

Chiara colgó.

Era verdad.

De pequeña solía pedirle a su padre que le contara la historia del *castello* y le preguntaba si sus antecesores habían sido piratas o guerreros, pero su padre solía reírse y decirle que tenía mucha imaginación. En aquel momento, Chiara se dio cuenta de que, o no lo sabía, o que no había querido reconocer que los Caruso se habían apropiado del *castello* fraudulentamente.

Y de pronto sintió que el edificio la censuraba.

Salió al exterior seguida por el leal Spiro para poder respirar. Hacía un día soleado y frío de enero y aspiró profundamente para llenarse del evocativo aroma de mar y tierra. A menudo había deseado poder embotellar ese olor, que para ella era sinónimo de su hogar.

El hogar que estaba a punto de perder.

Después de tantos años anhelando conocer mundo, pero nunca había imaginado que la echarían del *castello*. No se sentía preparada.

Dejando a un lado la capilla, bajó a su refugio, la pequeña playa protegida por rocas altas. Se sentó en la arena y se abrazó las rodillas. Spiro se echó a su lado.

Solo entonces dejó Chiara que las lágrimas rodaran libremente, por sus padres y por el miedo a lo precaria que era su situación. Cuando sintió los ojos hinchados, se obligó a detener el llanto, secándose las lágrimas con las mangas del vestido. No era habitual en ella sentir lástima de sí misma.

Pensó en Nicolo Santo Domenico, en su aire de sofisticación y prosperidad, en su arrogancia, en su deseo de venganza. Nunca había conocido a nadie tan cruel y atractivo a un tiempo.

Llevada por la curiosidad de averiguar más sobre él, volvió al *castello* y encendió el viejo ordenador de su padre. Cuando finalmente se conectó, Chiara buscó información sobre los Santo Domenico.

Al ínstate aparecieron imágenes de Nicolo vestido de esmoquin en distintos eventos sociales, y siempre junto a mujeres espectaculares, rubias, morenas, pelirrojas. Todas altas, delgadas, de una belleza intimidante.

No sonreía en ninguna imagen. Su rostro reflejaba determinación y severidad.

Chiara abrió varios links en los que se contaba el cuento de hadas de Nicolo y su increíble habilidad para los negocios desde muy joven; cómo a los veintiún años se había mudado de Nápoles a Nueva York y se había hecho millonario. En cinco años, era multimillonario y una leyenda viviente.

También encontró un viejo artículo de la prensa italiana, donde se preguntaba qué había pasado con la poderosa familia Santo Domenico de Sicilia, y en el que se apuntaba a sus posibles conexiones con la mafia. Aunque había referencias a la posesión de un amplio territorio, no se mencionaba el *castello*.

Chiara se estremeció. Que el *castello* no se nombrara no significaba que tuviera alguna posibilidad de llevarlo a juicio para luchar por su posesión, y menos aun cuando el edificio ya no le pertenecía, o dejaría de pertenecerle en cuanto el banco se lo quitara.

Recorrió el edificio pausadamente, incluidas las numerosas habitaciones que llevaban tiempo cerradas y con los muebles protegidos con guardapolvos. Por todas partes se apreciaban las huellas del tiempo. El *castello* necesitaba reparaciones desde que Chiara tenía uso de razón, pero su padre nunca había podido financiarlas.

El corazón se le encogió al pensar que no lo vería restaurado, y peor aún, que no podría visitar y cuidar de las tumbas de sus padres. O de sus abuelos.

Y entonces se dio cuenta de que eso era lo que le había pasado a los Santo Domenico.

«Pero al menos Nicolo te da la oportunidad de quedarte», le dijo una voz interior.

Si se casaba con él.

La idea de casarse con un hombre como Nicolo despertaba en ella un torbellino de sentimientos contradictorios

Nicolo Santo Domenico era el vivo retrato del hombre con él que ella había soñado. Pero no la quería a ella, como sucedía en sus fantasías, si no el *castello*. Ella solo era un medio, o un beneficio colateral. Se estremeció de nuevo, en esa ocasión al pensar en compartir su intimidad con Nicolo.

Vio su propio reflejo en el cristal de la ventana. Sabía que su aspecto era soso y aburrido. Había heredado sus amplio busto de su abuela paterna, así como una estatura mediana y una figura de reloj de arena que había dejado de estar de moda cincuenta años atrás.

Un día había oído a su padre decir: «Nuestra hija no es guapa, pero va a ser una esposa fértil».

Se sonrojó con la misma humillación que había sentido entonces, y por primera vez se preguntó si la obsesión de su padre con tener un hijo varón se debía a que quería que el *castello* siguiera vinculado al apellido familiar para evitar que sus legítimos dueños lo reclamaran.

Chiara pensó en la proposición de Nicolo. ¿Sería tan despiadado como para estar dispuesto a pagar el precio de casarse con una vulgar mujer siciliana por recuperar su herencia?

La idea de que la utilizara la enfureció. Tanto como que hubiera creído conocerla. Pero se equivocaba, al menos parcialmente: ella tenía muchos más sueños que el de casarse y tener hijos.

No. No podía haber hablado en serio. Recordó la cara de satisfacción con la que se había ido, como si estuviera seguro de que acabaría plegándose a sus deseos, y se propuso aplastar aquella superioridad, desconcertarlo en la misma medida que él la había desconcertado a ella.

Le vería el farol solo para que a Nicolo le entrara pánico al darse plenamente cuenta de cuáles eran las consecuencias de su propuesta.

Capítulo 3

A NICO no le gustó la inquietud que sentía mientras esperaba a Chiara Caruso. Cuando lo había llamado por la mañana, se habría ofrecido a ir al *castello*, pero ella había preferido ir a su villa y él le había enviado un chófer.

Paseó agitado por la terraza que rodeaba la villa, con unas vistas espectaculares al mar. Desde allí se divisaba los terrenos del *castello*, pero no el edificio en sí, que tenía una mezcla de estilos arquitectónicos que databan de sus orígenes españoles, con elementos clásicos que habían sido añadidos a lo largo del tiempo.

Seguía bajo el efecto del golpe emocional que había supuesto visitar el *castello* y el cementerio. Su anhelo por reclamarlo se había intensificado. Como la urgencia de poseer a Chiara Caruso. Había soñado con ella con una viveza desconcertante, y prefería atribuirlo a que había pasado a formar parte de su plan, y no a la curiosidad casi adolescente que sentía por descubrir los secretos que se escondían bajo aquella ropa informe.

Oyó un ruido a su espalda y al volverse vio que el ama de llaves se aproximaba con Chiara. Nico se apoyó en la pared, como si necesitara protegerse de los instintos primarios que Chiara despertaba en él.

Pero no sirvió de nada. Aunque presentaba el aspecto de una mujer de otra era, con una camisa blanca almidonada y una chaqueta negra, el deseo le caldeó la sangre. No tenía sentido. La falda a media pierna no le favorecía, y menos aún los zapatos planos. Llevaba la parte alta del cabello recogida y el resto le caía sobre los hombros

Las mujeres solían presentarse ante él arregladas hasta la artificiosidad. Y de no haber sido porque la atracción que sentía por Chiara lo irritaba, el contraste le habría agradado.

Cuando salió a la luz exterior vio que estaba pálida. Sus ojos verdes destacaban llamativamente. Nico evitó dirigir la mirada a su generoso busto y le indicó con la cabeza que se sentara a una mesa en la que había café, té y pastas.

–Prefiero quedarme de pie –dijo ella.

–Muy bien. ¿Ha pensado en lo que le dije ayer?

Chiara apenas podía respirar. Nicolo era aún más guapo de como lo recordaba. Con pantalones negros y una camisa blanca remangada, parecía salido de una revista de moda.

La villa también era espectacular. De una moderna simplicidad, se erguía sobre un acantilado. Representaba un contraste total con el vetusto *castello*. Chiara no había visto nunca tantos muebles de un blanco inmaculado.

Se obligó a mirar a Nico a los ojos, aunque había perdido la osadía que le había dado fuerzas el día anterior. ¿Qué le había hecho creer que era una buena idea? ¿Qué quería demostrar?

Pero de pronto recordó la humillación que había sentido y las ganas de borrarle del rostro aquella expresión de desdeñosa superioridad.

Tomó aire.

–Sí, he pensado en lo que me dijo, *signor* Santo Domenico, y he decidido aceptar su oferta.

El corazón le latía tan deprisa que Chiara se mareó. Esperó a que Nicolo asimilara la noticia y ver el pánico reflejado en su rostro. Pero en lugar de eso, solo encontró la más imperturbable seguridad en sí mismo. ¿Le habría oído?

Entonces fue ella quien sintió pánico.

–Le he oído. ¿Está segura?

Chiara tuvo la angustiosa sensación de haber juzgado la situación equivocadamente. Se obligó a asentir con la cabeza.

–Sí. Quiero casarme con usted.

–*Va bene*.

Nicolo fue hacia el interior y ella lo siguió presa del pánico. Él tomó un teléfono e hizo una llamada. Chiara le oyó decir:

–Proceda a redactar el contrato. Chiara Caruso ha accedido a convertirse en mi esposa.

Cuando colgó, miró a Chiara con el ceño fruncido.

–¿Qué pasa? ¿Ha visto un fantasma?

–Pen-pensaba que si aceptaba, usted se echaría atrás.

Un destello iluminó la mirada de Nico.

–¿La he sorprendido? ¿Creía que era un farol?

Chiara se ruborizó.

–Pensaba que si... que cuando se planteara en serio tomarme por esposa... –dejó la frase a medias.

Nico sacudió a cabeza y se aproximó a Chiara.

–*Cara*, tiene que saber que yo jamás hago propuestas que no vaya a cumplir.

Chiara vio entonces la férrea determinación en sus ojos. Ansiaba tanto hacerse con el *castello* como para casarse con ella. Era así de implacable.

A la desesperada, dijo:

—Pero yo no soy el tipo de mujer con la que se casa alguien como usted.

—No se infravalore, *signora* Caruso

La recorrió con la mirada y Chiara recordó las humillantes palabras de su padre: «será una esposa fértil».

¡Ella no era una yegua de cría! Quería ser amada apasionadamente. ¡Cómo había cometido el error de creer que podía poner a aquel hombre en su sitio!

Retrocedió.

—Lo siento. He cambiado de idea. No puedo seguir con esto.

Chiara iba ya hacia la puerta cuando le oyó llamarla.

—*Signorina* Caruso, espere.

Ella obedeció a regañadientes. Él se adelantó y la miró de frente.

—¿De verdad quiere irse con las manos vacías cuando le ofrezco una vida llena de comodidades y lujo? Soy un hombre muy rico, *cara*.

Ella no necesitaba que se lo recordara.

—Lo sé.

—Entonces también sabrá que no hago promesas vacías. Tengo casa en Nueva York, Roma y Londres, así como en las islas Bahamas.

Chiara sintió que se le encogía el corazón. Siempre había anhelado visitar esos lugares. Pero no por medio de un matrimonio de conveniencia con un cruel y frío titán de los negocios. Ni siquiera podía concebirlo. Y menos pensar en el día a día; en dormir al lado de un hombre como aquel.

Espantada, se dio cuenta de que debía de haber hablado en alto, porque le oyó decir:

–Trabajo sobre todo en Roma, pero viajo a menudo a Estado Unidos y a Londres. Usted me acompañará a los actos sociales que lo requieran. Pero en principio, el *castello* será mi base, que es donde usted residirá cuando no la necesite.

«Cuando no la necesite». Como si fuera una empleada.

La arrogancia de aquel hombre era asombrosa. Pero la idea de abandonar el *castello* para siempre era una pesadilla. ¡No podía ser que esa fuera su única salida!

–Si no accedo a casarme con usted, ¿me permitirá ir al *castello* ocasionalmente para visitar las tumbas de mis abuelos y de mis padres?

Mantener ese vínculo al menos le serviría de consuelo.

Él la miró con severidad.

–¿Por qué iba a hacer lo que su familia no hizo con nosotros?

Chiara sintió un nudo en el estómago. Su padre no solía permitir que nadie visitara el *castello*, y ella empezaba a sospechar que se debía a que los intrusos que temía que se colaran eran en realidad sus legítimos dueños.

–La respuesta es «no» –continuó Nico–. Pronto, no tendrá ningún derecho sobre el *castello*. Será como si usted nunca lo hubiera habitado.

Sus palabras fueron brutales. Para evitar que viera que estaba a punto de llorar, Chiara salió a la terraza.

Conocía bien aquella vista, de la que nunca se cansaba. El perfume, los sonidos de aquel lugar era tan suyos como su carne y su sangre.

De hecho, había nacido en el *castello* porque su parto se había adelantado. El ama de llaves había actuado de matrona, pero debido a las complicaciones al dar a luz y al retraso en llegar al hospital, su madre no había podido tener más hijos.

A pesar de todo eso, a Chiara siempre le había gustado creer que era una parte intrínseca del *castello*, como una piedra más de sus paredes.

Por más que siempre hubiera querido viajar, sabía que tendría que volver regularmente al *castello* porque allí estaba su alma. La idea de abandonarlo para siempre le resultaba insoportable.

Chiara intentó pensar con claridad. Su plan había fracasado. Miró de nuevo hacia el horizonte y se dio cuenta de que solo la terraza la separaba del abismo que había más allá del acantilado. La cabeza le dio vueltas y de pronto una pregunta se repitió en su mente: «¿Y si dices que sí? ¿Y si aceptaras?».

No tendría que saltar al vacío, ni padecer el dolor de no poder visitar las tumbas de sus padres y de sus abuelos. Vería el *castello* restaurado a su gloria pasada.

Nicolo Santo Domenico estaba por el momento dispuesto casarse con ella, pero en cuanto viera que carecía de toda sofisticación y de habilidades sociales, en cuanto viera lo poco apropiada que era como esposa, se daría cuenta de que había cometido un error.

Chiara atisbó un rayo de esperanza. Si se divorciaban, ¿no tendría la oportunidad de negociar un acceso ocasional al *castello*? Eso era más que perderlo para siempre.

Por primera vez desde que la había oído, la oferta de Nicolo no le pareció tan descabellada.

Oyó un sonido a su espalda y se tensó, tanto por el sobresalto como por la forma en que se le aceleró la sangre y se le caldeó la piel. Le desconcertaba que su cuerpo reaccionara tan automáticamente a la presencia de Nicolo.

—¿*Signorina* Caruso?

Chiara tomó aire y se volvió. No estaba preparada para abandonar su hogar. Al menos hasta que consiguiera permiso para visitarlo. Era evidente que Nicolo no iba a ceder ni un milímetro si no accedía a casarse con él. Pero si al menos podía hacerlo siendo ella quien pusiera las condiciones, valdría la pena cometer esa locura.

Miro a Nicolo y se dijo que si él estaba decidido a unirse a ella legalmente para proteger sus intereses, también ella debía asegurarse de que también protegía los suyos. Alzó la barbilla.

—Me casaré con usted con una condición.

Tras una tensa pausa, Nicolo asintió y dijo:

—No está en condiciones de negociar, pero la escucho.

Chiara estuvo a punto de echarse atrás, pero sabía que era la única vía posible.

—La condición es que a los seis meses evaluemos cómo va nuestro matrimonio. Y no se hablará de niños hasta que pase ese periodo de prueba.

Como Chiara tenía la certeza de que Nicolo no pensaba renunciar a la procesión de bellezas que solía acompañarlo, estaba segura de que, a pesar de lo que había dicho sobre tener herederos, no se lo había planteado como algo urgente.

Nicolo la observó en silencio con una intensidad que la enervó. Finalmente, dijo:

—Eso son dos condiciones. Pero está bien. Acepto.

Chiara creyó que se iba a desmayar al ser consciente de la enormidad del compromiso que acababa de asumir, pero se dijo que hacía lo correcto. La alternativa, no volver a ver el *castello*, era impensable.

Alargó la mano.

–En ese caso, puedes llamarme Chiara.

Nicolo se la estrechó y ella sintió una sacudida eléctrica.

–Y tú puedes llamarme Nico. Estoy deseando conocerte mejor, Chiara.

Ella liberó su mano precipitadamente por temor a que él notara hasta qué punto le había afectado. Pero ya no podía dar un paso atrás, solo hacia delante. Y rezar para no haber subestimado, de nuevo, de lo que era capaz de Nicolo.

Una semana más tarde a Chiara seguía dándole vueltas la cabeza. En cuanto confirmó que se casaba con Nico, fue consciente de la magnitud de su fortuna y de los privilegios de que gozaba.

Habían mantenido varias reuniones en la villa con sus asesores legales y con el abogado de ella; y aunque a veces le entraban dudas, Chiara se recordaba que aquella era su única salida: llegar a un acuerdo con un diablo con cuerpo de ángel; un millonario cuyo único objetivo era vengarse... de su familia.

Se redactaron y firmaron contratos, y Chiara sintió su vida lanzada en una dirección que jamás hubiera anticipado.

Se miró en aquel momento en el espejo de su dormitorio en el *castello*. Llevaba el vestido de novia que había pertenecido a su abuela paterna, a quien Chiara había amado profundamente. Su *nonna* se lo había enseñado antes de morir, diciéndole cuánto le gustaría que lo luciera el día de su boda.

Chiara había heredado sus proporciones y le quedaba casi perfecto. Estaba un poco gastado en algunas partes, pero por lo demás, estaba impoluto. Era de encaje de Sicilia, tenía mangas largas y escote cerrado. Aunque era recatado, Chiara se sentía expuesta porque notaba cómo se le pegaba al cuerpo, enfatizando la curva de sus caderas y de su busto.

Pero no podía hacer nada al respecto. Estaba a punto de ir a la capilla del *castello* y casarse con Nicolo Santo Domenico en cuestión de minutos.

Se había ofrecido comprarle un vestido y a contratar un estilista profesional pero ella se había negado. Finalmente había aceptado contratar a un par de jóvenes locales, que en ese momento la ayudaron a ponerse el velo.

Chiara había visto como se miraban con complicidad al ver cómo le quedaba el vestido, pero no quiso darle importancia. Después de todo, no era una boda real puesto que lo que quería era que Nico se arrepintiera lo antes posible; cuanto antes lo desanimara, mejor.

En las dos semanas de la preparación de la boda, apenas habían hablado, pero Chiara sabía que no podría evitar a su marido por mucho tiempo.

Afortunadamente, tampoco él parecía tener interés en estar con ella. De hecho, le había dicho que tras la boda se iría a Nueva York y que no podrían viajar de luna de miel. Y ella confiaba que ese viaje le sirviera para recordar el tipo de mujeres que le gustaban y que volviera a Sicilia con la intención de divorciarse de ella.

Ya había consultado a su abogado, y tenía la tranquilidad de saber que, como exmujer de Nico, tendría derecho a visitar el *castello*. Y eso era todo lo que necesitaba saber.

Llamaron a la puerta y se oyó una voz:

–*Signorina*, todo está listo.

Chiara respiró profundamente e intentó aplastar la inquietud de que la ruptura de su matrimonio no iba a ser tan fácil como quería creer. Ya había subestimado a Nico con anterioridad. Pero no tenía otra opción. O se casaba o hacía las maletas y se iba para siempre.

Cerró los ojos momentáneamente y se volvió para enfrentarse a su destino.

A Nico le desconcertaba el nerviosismo con el que esperaba la entrada de Chiara en la capilla del *castello*. Apenas había un puñado de invitados, su equipo legal y el abogado de Chiara. Todos ellos sabían que se trataba de un matrimonio de conveniencia.

Chiara había estado sorprendentemente dispuesta a cooperar una vez accedió a la boda y había firmado todos los contratos que se le habían presentado. De hecho, había facilitado tanto las cosas, sobre todo respecto a la pensión que recibiría en caso de divorcio, que Nico había pedido a su equipo que revisara los documentos por si se les hubiera pasado algo por alto.

Él había accedido al plazo de revisión de seis meses, pero estaba convencido de que para entonces, Chiara sería renuente a abandonar las comodidades de su nuevo estilo de vida.

Sin embargo, hasta el momento, ella había rechazado todas las ofertas que le había hecho para comprar ropa, contratar estilistas..., y Nico pensaba que era una ironía del destino que la única mujer a la que su fortuna no parecía interesarle, perteneciera precisamente a la familia que le había robado sus derecho de nacimiento.

Se produjo un murmullo cerca de la puerta y Nico enfocó allí la mirada. Aun así, cuando la vio aparecer, no estaba preparado para el golpe que recibió en el plexo solar. En lugar de parecer ridículamente anticuada, con un vestido que debía pertenecer al siglo anterior, la hermosa sencillez del aspecto de Chiara dejó a Nico sin aliento cuando empezó a recorrer el pasillo hacia el altar.

Sola.

Y aunque esa soledad despertó un eco emocional en él, Nico lo ahogó al instante.

Además, estaba demasiado distraído por la forma en que el vestido resaltaba las espectaculares curvas de Chiara. Era la Venus de Milo hecha mujer. De no haber sido tan consciente de qué estaba haciendo y de dónde estaba, Nico se habría creído transportado cien años atrás.

Un delicado velo le cubría el rostro y el oscuro cabello. En las manos llevaba un ramo pequeño. Cuando por fin llegó a su altura, Nico pudo oler el aroma evocativo y sensual de flores, de tierra... del mar.

Se volvió haca el altar y se fijó en lo menuda que Chiara, que le llegaba al hombro, parecía a su lado. El cura empezó a hablar, pero Nico apenas lo oyó, porque solo podía pensar en levantarle el velo a Chiara y besarla.

—Los declaro marido y mujer. Puede besar a la novia.

Chiara inclinaba la cabeza. Él le levantó el velo y cuando ella alzó la mirada, se quedó sin aliento. Ni gota de maquillaje. Solo su piel perfecta y sus increíbles ojos de pestañas largas. Y sus labios... que no recordaba tan carnosos.

Nico no había esperado sentirse así, pero lo único en lo que podía pensar era en besar a su novia. Le tomó la barbilla entre los dedos y le alzó el rostro. Olvidó la capilla, al cura, los testigos y fijó toda su atención en aquella sensual boca; tan sensual como toda ella. Vio entonces que sus labios temblaban levemente al tiempo que atisbaba la punta rosa de su lengua y lo inundó un deseo incontenible.

Sus labios sellaban los de ella antes de que pudiera detenerse, y no fue un beso casto que respetara el lugar en el que estaban, sino un beso incendiario, atizado por la lujuria y el deseo. Nico la estrechó contra sí, y amoldó sus curvas a su cuerpo.

Tardó unos segundos en darse cuenta de que su esposa no estaba respondiendo tal y como a él le hubiera gustado. Chiara era como un arco tenso, vibrante pero rígido. Sus labios temblaban, pero no se abrían.

A regañadientes, se separó de ella y vio en sus ojos la expresión asombrada de un cervatillo. Estaba ruborizada; con la respiración agitada.

Nico le recorrió el mentón con el pulgar, fascinado. Entonces dijo:

–*Baciami.*

«Bésame»

Chiara sentía el cuerpo en llamas. Estaba tan pegada a Nico que podía sentir cada uno de sus firmes músculos.

Había esperado un beso en la mejilla antes de salir de la capilla, un par de horas de una pseudo-fiesta y que Nico desapareciera de su vida en su avión privado.

Pero en lo único que lo que podía pensar en aquel

instante era en los labios de Nico pegados a los suyos, marcándola como una de sus posesiones.

Seguía abrazándola y repitiendo: «Bésame».

Sus labios volvieron a atrapar los de ella y a Chiara se le nubló la mente. Y si el anterior la había tomado por sorpresa, aquel fue como una brutal sacudida. Nico movió sus labios sobre los de ella con maestría, insistente. Ella no tuvo más remedio que abrir los labios y cuando él metió la lengua entre ellos, las piernas le temblaron y se derritió por dentro.

Llevaba toda la vida ansiando conocer el poder transformador de un beso. Pero aquel no fue transformador, fue un cataclismo, un terremoto, una hoguera que la recorrió haciéndole anhelar más.

Cuando finalmente Nico alzó la cabeza, después de que el cura tuviera que carraspear sonoramente, el mundo de Chiara se había vuelto del revés.

Miró a los ojos a su marido y se dio cuenta de que no sabía nada de él y que aun así, acababa de dejarle atravesar las defensas que ni siquiera sabía que hubiera erigido durante tantos años de soledad en el *castello*.

Retrocedió tan bruscamente que se habría caído de no haberla sujetado Nico. Ella lo miró airada, aunque no supo por qué estaba enfadada, a no ser que fuera porque tenía la sensación de que aquello había sido más que un beso.

Recorrieron del brazo el pasillo de salida. Cuando salieron, la luz del sol la cegó momentáneamente y tiró del brazo para que Nico la soltara.

Iba a preguntarle por qué le había besado así, pero los invitados llegaron a su lado y Nico guio al grupo al *castello*, donde había contratado un catering y donde Chiara tuvo que soportar la humillación de charlar con su equipo de abogados, consciente de que todos sabían que aquel era solo un acuerdo comercial.

Finalmente, cuando todo el mundo se fue, se quitó el velo y fue con Spiro a la cocina.

Después de darle de comer, volvió hacia el salón, confiando en que Nico ya se hubiera marchado, pero cuando entró, lo vio con una copa en la mano y mirando con gesto de concentración la fotografía en la que ella estaba con sus padres.

Se había quitado la chaqueta, y la camisa ajustada que llevaba permitía intuir sus marcados músculos. Chiara recordó al instante el beso y se le aceleró el pulso al tiempo que, una vez más, pensó que no sabía nada de él.

Nico se volvió y al verla, alargó la mano hacia ella.

—Bienvenida, *mia moglie*, ¿quieres tomar algo?

«Mi esposa».

El *castello* era de Nico. Ella era de Nico. Chiara sintió una punzada de pánico al plantearse si había hecho lo correcto, pero ¡no había tenido otra salida!

—Sí, por favor.

Entró en la habitación esforzándose por mantener una imagen imperturbable, como si vistiera a diario un vestido de boda de encaje que se le pegaba indecentemente al cuerpo. Había notado cómo la miraba Nico en varias ocasiones a lo largo del día y se había sentido avergonzada. Seguramente se alegraba de que la ceremonia hubiera sido privada y de no haber tenido que presentar en sociedad a su anticuada novia.

Nico descorchó una botella de champán, llenó una copa y se la pasó. Ella la asió con fuerza.

—¿Por qué has tenido que besarme así delante de todo el mundo? —preguntó ella con frialdad.

Nico la miró fijamente.

–Porque me apetecía.

Ella lo miró y sintió el aire vibrar.

–No tenías que fingir que te gustaba. Los dos sabemos qué tipo de mujeres te atraen.

–¿Ah, sí? ¿Y qué tipo es ese? –preguntó él con sorna.

Chiara sintió que le ardían las mejillas y estuvo a punto de atragantarse con la burbujas del champán. Cuando volvió a mirarlo, Nico seguía con una ceja enarcada, esperando una respuesta.

Chiara fue hasta la ventana. Oscurecía. El día había pasado tan deprisa...

Se volvió y rodeándose la cintura con los brazos, como si necesitara protegerse, contestó:

–Las he visto en fotografías: altas, esbeltas. Preciosas.

Nico la miró fijamente.

–Habría estado de acuerdo contigo... hasta que hoy te he visto aparecer como la seducción inocente hecha persona.

Dejó la copa en una mesa y caminó hacia Chiara con una expresión en su rostro que la hizo temblar. El aire se cargó de electricidad. La temperatura se elevó varios grados.

–Yo no... ¿No tenías que ir a Nueva York?

Nico frunció el ceño.

–Es nuestra noche de bodas. ¿Cómo voy a irme?

A Chiara se le aceleró el corazón.

–Esta no es una boda normal.

Nico dio un paso adelante.

–Ha sido una boda perfecta, sin falsas declaraciones de amor ni sentimentalismo barato. Solo dos personas llegando a un acuerdo beneficioso: salvar el *castello*.

–Para eso no me necesitabas a mí.

Nico sacudió la cabeza.

–No soy un hombre paciente, Chiara. No podía esperar a recuperar mi herencia.

–Una herencia por la que has tenido que pagar.

Chiara necesitaba provocarlo para mantenerlo a raya porque le aterrorizaba sentirse tan frágil ante su proximidad. Temía hacerse añicos si la tocaba. Ese era su verdadero temor: que Nico la estuviera mirando como si quisiera devorarla.

Nico se encogió de hombros.

–El dinero me da lo mismo. Lo que importa es que el *castello* es mío. Y tú, mi esposa.

–Pero yo no te gusto. Tienes que irte. Tus negocios te reclaman.

Chiara estaba segura de que si iba a Nueva York se daría cuenta del error que había cometido. Era un hombre que exudaba sexualidad. Necesitaba recordar que ella no era su tipo.

Pero él la miró a los ojos y dijo:

–Al contrario. Me he dado cuenta de que deseo a mi esposa. Mucho.

Capítulo 4

AL CONTRARIO. Me he dado cuenta de que deseo a mi esposa. Mucho».

Chiara apenas podía respirar. Nico deslizó la mirada por su cuerpo y tomando entre los dedos un mechón de su cabello, tiró de él para obligarla a acercarse.

–Hacía tiempo que no veía a una mujer con el cabello tan largo –dijo en tono sensual.

–No está de moda –dijo ella precipitadamente–. Debería de cortármelo.

–Ni se te ocurra –dijo él.

Su tono autoritario aceleró el corazón de Chiara.

–No puedes prohibírmelo.

–Por favor, no te lo cortes –dijo él con una falsa amabilidad.

Chiara supo que iba a perder la batalla. Había que ser de piedra para sentirse indiferente ante aquel hombre. Sentía el cuerpo en llamas, notaba una palpitación entre las piernas. De pronto el vestido le resultó agobiante y solo pudo pensar en quitárselo y sentir la brisa en la piel desnuda. Imaginó las manos de Nico arrancándoselo, desnudándola bajo su hambrienta mirada.

Ese pensamiento fue como un cubo de agua fría. ¿Qué demonios le estaba pasando?

Se separó de Nico tan bruscamente que le dio un tirón de pelo. Tomó aire e hizo un ademán indicando el espacio entre ellos.

–No sé qué es esto... Apenas te conozco.

–Y, sin embargo, estamos casados –replicó Nico.

Chiara lo miró enojada.

–Solo porque me has puesto entre la espada y la pared.

Nico esbozó una sonrisa y dijo insinuante:

–*Cara,* te aseguro que tengo la espada lista.

Chiara no pudo evitar mirar hacia abajo y vio un bulto presionarle los pantalones. Alzó la mirada con gesto aireado a pesar de que su cuerpo tembló ante la prueba de que Nico estaba excitado.

–Eso es una asquerosidad.

–Eso es química, y aunque no quieras admitirlo, entre nosotros hay mucha.

Chiara exclamó a la desesperada:

–¡No es verdad! Lo único que te pasa es que llevas sin acostarte con una mujer desde que viniste y...

Nico levantó una mano.

–Calla. He estado con suficientes mujeres como para saber que la química genuina es excepcional. No he deseado a una mujer tanto como a ti desde... –calló y su rostro se ensombreció–. Da lo mismo. Lo que importa es que deseo a mi esposa, y por más inesperado que sea, tengo toda la intención consumar nuestro matrimonio esta misma noche.

A su pesar, Chiara se sintió intrigada. Quería saber quién era la otra mujer a la que había deseado tanto como a ella.

–¡Pero si eres un desconocido!

–Y aun así, yo diría que sabemos más el uno del otro que muchas parejas a las que sentimientos ficticios les nublan la mente.

Nico se aproximó un poco más y Chiara sintió debilitarse su ya frágil voluntad. Jamás se había sentido tan atraída por otro ser humano, y le indignaba haber elegido a un hombre tan cruel como Nico, que solo la consideraba un peón.

Nico la tomó por la cintura y la atrajo hacia sí. Ella posó las manos en su pecho para separarse, pero al encontrarse con aquel muro de músculos, sintió una sacudida y tuvo que admitir que no quería evitar lo que estaba a punto de suceder. Mientras una voz le gritaba que huyera, otras se rebelaba y le pedía vivir, ser osada...

En cierta forma Nico tenía razón al decir que se conocían mejor que muchas parejas, precisamente por la impersonalidad de su acuerdo. Pero a pesar de todo, Chiara necesitaba saber que el motor que movía a Nico no era tan solo la obsesión por tener éxito donde otros habían fracasado.

–¿Por qué era tan importante para ti? –dijo a bocajarro.

–¿A qué te refieres?

–Al *castello*. A recuperarlo. ¿Qué habría pasado si no llegas a conseguirlo?

Nico se tensó.

–¿Por qué lo preguntas? Ya está hecho.

–Porque... necesito saberlo.

Nico miró fijamente a Chiara y finalmente contestó.

–Lo he hecho por mi padre, que a su vez había querido conseguirlo por su padre. Fue su último deseo al morir. Yo crecí en Nápoles, pero nunca la consideré mi hogar. Las bandas que mandaban en nuestro barrio nos lo recordaban continuamente. Pensarás que es una locura, pero en cuanto entré en el *castello*, me sentí como en casa.

Chiara sintió un peso en el corazón. Ella entendía ese sentimiento muy bien. Como comprendía el dolor de la pérdida de un padre y lo que debía sentirse al querer cumplir su último deseo.

Al ver que Nico recuperaba una expresión cerrada, impenetrable, dedujo que se arrepentía de lo que acababa de compartir con ella. Instintivamente, alzó la mano a su mejilla.

–Siento que tu padre muriera sin volver a ver el *castello* –dijo con voz ronca. Y por primera vez sintió cierta afinidad con él. No era tan frío e impenetrable como aparentaba.

Nico mantenía las manos en su cintura.

–No quiero hablar de esto. Te deseo, Chiara.

«Te deseo».

Esas palabras propagaron una corriente de excitación por Chiara y se dio cuenta de que, a pesar de lo extraño que era todo, en aquel momento no habría querido estar en ningún otro lugar del mundo.

Temblando de pies a cabeza, musitó:

–Yo también te deseo.

Los ojos de Nico centellearon. La estrechó contra sí y en cuanto sus labios tocaron los de ella, Chiara sintió una bola de fuego estallar dentro de sí. Se asió a la camisa de Nico y notó su sexo endurecido contra el vientre. El beso fue intenso y apasionado, tan ardiente que Chiara ni siquiera se preguntó cómo reaccionaría Nico cuando descubriera que su esposa era virgen.

No tuvo oportunidad de pensar porque Nico la tomó en brazos y subió las escaleras. Al llegar arriba, preguntó:

–¿Hacia dónde?

Chiara indicó con el dedo el dormitorio principal, que había preparado aunque no había creído ni por un momento que fueran a usarlo.

Nico entró y cerró la puerta con el pie a su espalda.

La luz de la luna bañaba la habitación con una luminosidad plateada. Nico dejó a Chiara junto a la cama. En el camino, se le habían caído los zapatos sin que ninguno de los dos se molestara en recogerlos.

Chiara miró a Nico, jadeante y asombrada por lo que le estaba pasando a alguien como ella, que llevaba toda la vida fantaseando con algo así. Pero prefirió no analizar los sentimientos que brotaron dentro de ella porque ¿cómo era posible sentir algo por alguien a quien apenas conocía?

Por una fracción de segundo permanecieron inmóviles y Chiara, aunque sabía que era lo que debía querer que pasara, temió que Nico hubiera cambiado de idea.

Pero entonces Nico dijo:

–Date la vuelta.

Chiara obedeció. Sabía que debía decirle a Nico hasta qué punto era inocente, pero no quería que dejara de mirarla como si fuera la única mujer sobre la tierra. Todavía no estaba preparada para que aquel momento llegara a su fin. Así que guardó silencio.

Nico le retiró el cabello a Chiara por encima de un hombro y notó que le temblaban las manos. *Dio*. ¿Qué le estaba pasando? Estaba actuando como si fuera la primera vez que desnudaba a una mujer.

Al dejar al descubierto su nuca, se la besó y percibió a Chiara temblar.

Nunca había soñado con desear a hasta tal punto a la mujer con la que se había casado por conveniencia. Y aunque estaba decidido a que el suyo fuera un matrimonio tradicional en todos los aspectos, había pensado darle tiempo antes de convertirla en su mujer en la cama.

Pero desde que la había visto avanzar hacia el altar, había sabido que aquel día solo podía terminar en el dormitorio.

Buscó el primero de los botones que recorrían la columna de Chiara y la frente se le perló de sudor mientras los iba desabrochando lentamente hasta llegar al último, justo encima de su trasero. El vestido se abrió y dejó a la vista su pálida piel y el cierre del sujetador. Se lo soltó y notó que Chiara se quedaba paralizada. Manifestando una consideración poco habitual en él, preguntó:

–¿Todo bien?

Se le pasó por la cabeza que fuera virgen, pero al instante apartó esa idea por absurda. Por muy aislada que hubiera vivido, en aquellos tiempos era imposible conservar ese tipo de inocencia.

Chiara asintió y dijo en un susurro:

–Sí, perfectamente.

Nico deslizó las manos por debajo del vestido y se lo bajó por los hombros y los brazos, dejándola desnuda de cintura para arriba. La sinuosa curva de su espalda hizo que le ardiera la sangre. Con voz cargada de deseo, dijo:

–Date la vuelta, Chiara.

Ella esperó una centésima de segundo que puso a Nico al límite de su resistencia, y casi se rio por haber pensado que pudiera ser virgen. Chiara era una sirena que sabía exactamente lo que estaba haciendo para seducirlo.

Chiara sentía que a cabeza le daba vueltas. Era la primera vez que alguien la veía desnuda. Sin embargo, un sentimiento nuevo y osado la empujó a volverse, y cuando lo hizo, la inundó un intenso calor. Los ojos de Nico se abrieron y las mejillas se le tiñeron de color. Su pecho se agitó como si hubiera estado corriendo.

Chiara sentía los senos pesado y llenos; los pezones prietos y endurecidos. Nico alargó la mano y tomó uno de ellos. Sacudió la cabeza fascinado.

—Quiero verte entera —dijo.

Chiara empujó el vestido hacia abajo hasta que cayó al suelo y se quedó en bragas.

Nico bajó los brazos y Chiara vio que apretaba los puños como si quisiera evitar tocarla.

—No creía posible que existiera una mujer como tú.

Avergonzada, Chiara se cubrió el pecho y la entrepierna automáticamente.

—Soy demasiado grande...

Nico se los retiró, diciendo:

—No. Eres preciosa. Tu cuerpo es pura sensualidad, Chiara.

Chiara mantuvo la mirada baja, sintiéndose aún más avergonzada porque él siguiera vestido mientras que ella estaba desnuda.

Como si le leyera la mente, Nico se empezó a desabrochar la camisa. Entonces fue ella quien fue observando cada trozo de pecho que aparecía, fuerte y poderoso, cubierto por un suave vello que se perdía más allá del cinturón.

Sus manos llegaron a ese punto y, desabrochándose, Nico se quitó los pantalones y los calzoncillos de una sola vez. Chiara contuvo el aliento al ver el poder majestuoso de su cuerpo en estado de excitación, su sexo irguiéndose con orgullo desde el vello rizado de su entrepierna. Se le hizo la boca agua y deseó probarlo. Se sorprendió de lo carnal que se sentía; pero más aún de que todo le resultara tan natural.

–Chiara... no me mires así.

Ella alzó la mirada con las mejillas ardiendo. Nico sonrió y Chiara sintió vértigo. Era la primera vez que le sonreía.

–Si sigues mirándome así no voy a durar.

«Ah».

Nico le tomó la mano y la guio a la cama. Chiara era consciente de que estaba a punto de entregarse a un hombre que acababa de irrumpir en su vida y que la había vuelto del revés en una semana. Un hombre que había actuado de una manera implacable, pero que le había mostrado que bajo la superficie había alguien mucho más profundo.

Nico la tumbó en la cama y la observó largamente antes de tenderse a su lado. Ella anhelaba explorar su cuerpo, pero no se atrevía a hacerlo.

Además, él le robó toda capacidad de pensar en cuanto empezó a tocarla, diciendo:

–Quiero explorar cada milímetro de tú cuerpo, saborearte...

La animó a relajarse y a no hacer nada mientras hacía realidad sus palabras. La besó profundamente a la vez que con una mano le acariciaba un seno y le pellizcaba el pezón hasta que Chiara se retorció, pidiéndole en silencio más.

Entonces Nico fue bajando pausadamente, provocándola hasta que Chiara le suplicó que cesara su dulce tortura. Cuando Nico tomó un pezón en su boca y lo succionó en su húmeda y cálida boca, Chiara gritó

Nico bajó la mano por su vientre hasta el vértice entre sus piernas, se las abrió con delicadeza y Chiara contuvo el aliento. Él alzó la cabeza y la observó mientras la exploraba con los dedos.

Chiara miró hacia otro lado, avergonzada porque pudiera ver lo excitada que estaba, pero él le hizo volver la cara mientras alcanzaba el punto central donde estaba caliente y húmeda.

—Estás tan lista para recibirme... Es increíblemente sexy, *cara*. Y yo me siento igual.

Tomó la mano de Chiara y se la cerró en torno a él, tal y como ella había querido hacer desde el principio. La asombró la sensación, la fuerza del acero envuelta en una piel caliente y sedosa; la vulnerabilidad y la fortaleza al mismo tiempo.

Chiara lo miró y asintió. Él se colocó sobre ella, separándole los muslos

Ella notó que la presionaba y tuvo el impulso de elevar las caderas, buscando instintivamente una unión más profunda. Nico dejó escapar lo que sonó como una risa contenida y una vez más a ella le desconcertó hasta qué punto le gustaba esa versión más relajada de Nico.

Él la tomó por las nalgas para colocarla en ángulo. Estaba a su completa merced y, sin embargo, Chiara nunca se había sentido tan poderosa. Confiaba en él plenamente.

Y entonces, empujando su cuerpo hacia ella, Nico la penetró profundamente. El cuerpo de Chiara se arqueó, desconcertado por la desconocida invasión. Sintió un intenso dolor por un instante y los ojos se le llenaron de lágrimas.

Nico se detuvo y la miró con una sorpresa que igualaba a la que se reflejaba en los ojos de ella.

—¿Chiara, eres... virgen?

Ella asintió a la vez que sentía que la abandonaba la seguridad en sí misma. Estaba segura de que Nico se separaría de ella, que la trataría con desprecio. Pero no fue así. En lugar de eso, su rostro se iluminó con fiereza y puso una mano donde sus cuerpos se conectaban.

–Tranquila, *cara*, el dolor pasará enseguida. Confía en mí.

Chiara contuvo el aliento mientras Nico volvía mecerse, en aquella ocasión, lentamente. Sus dedos se movieron contra ella, haciéndole olvidar el dolor y la incomodidad y proporcionándole un creciente placer.

Y entonces, milagrosamente, el dolor desapareció y Nico se deslizó dentro y fuera de ella rítmicamente. Chiara podía sentir su cuerpo acomodarse al del él y la embargaron nuevas sensaciones que la impulsaron a buscar una conexión aún más profunda.

El instinto tomó las riendas. Aquella era una danza primitiva y Chiara se dejó llevar por su ritmo. Entrelazó las piernas a las caderas de Nico para atraerlo aún más hacia sí, con la petición muda, a medida que la tensión se acumulaba en su interior, de que se moviera con más fuerza, más deprisa.

Pero él se resistió a ceder porque quería que disfrutara más tiempo; hasta que Chiara le mordió el hombro para no suplicarle en voz alta, y algo se rompió en el interior de Nico y perdió el control. Sus movimientos se aceleraron y se hicieron más erráticos. Chiara sintió que se elevaba sobre una cima cada vez más alta, hasta que llegaba al borde y se precipitaba sobre un mar del placer más exquisito que hubiera experimentado nunca, y que habría querido que no tuviera fin.

El cuerpo de Nico se paralizó una fracción de segundo justo antes de que Chiara notara su fluido en lo más profundo de su cuerpo. Luego él se desplomó sobre ella, y Chiara sintió los últimos estertores de su propio cuerpo, extrayendo de Nico las últimas gotas de placer.

Nico dejó el agua de la ducha caer sobre su espalda mientras el amanecer iba aclarando el cielo. Se apoyó en la pared y agachó la cabeza, como si confiara en que el agua pudiera ayudarlo a olvidar lo perdido que se sentía.

Chiara era virgen. Era la primera vez que él desvirgaba a una mujer. Y se avergonzaba de haber sentido una instintiva satisfacción masculina al saber que era el primer hombre de Chiara, el primero en darle un orgasmo y sentir aquellos apretados músculos...

«*Dio*», maldijo entre dientes.

No podía olvidar la expresión maravillada de su rostro cuando acabaron de hacer el amor. Estaba acostumbrado a mujeres que fingían, no a mujeres que sentían verdaderamente. Chiara era distinta a todas sus amantes, tan sofisticadas, tan cínicas.

Jamás hubiera imaginado que pudiera sentir una atracción tan intensa por ella. Hasta el punto de que incluso había olvidado usar protección, algo que jamás le pasaba.

«Pero es tu mujer».

Eso era verdad. Pero también lo era que se había prometido cumplir con los seis meses de prueba. Incluso le había parecido una buena idea.

Pero cualquier pensamiento racional se había desvanecido en cuanto la vio desnuda.

Tuvo que controlar la fuerza del deseo que sintió con solo pensar en ella. Era improbable que Chiara se quedara embarazada en una noche. Y la próxima vez no olvidaría tomar precauciones.

La próxima vez...

Las imágenes que poblaron su mente fueron más propias de una película porno. Abrió el grifo del agua fría.

Cuando Chiara despertó era de día. La ventana estaba abierta y sintió la brisa en la piel. Se sentía... en paz; saciada como no se había sentido nunca. Incluso cuando al moverse, sintió el cuerpo dolorido, pero de placer.

Y de pronto los recuerdos la asaltaron en tecnicolor. Miró alrededor, pero sabía que estaba sola. Las sábanas estaban revueltas; vio el vestido de novia doblado sobre el respaldo de una silla. Tenía que haber sido Nico, porque ella había estado demasiado ansiosa por quitárselo la noche anterior como para ocuparse de doblarlo.

Se tapó con la sábana hasta la barbilla con un gemido. ¿Quién era aquella mujer desinhibida de la noche anterior?

Después de la primera vez, Nico solo había tenido que tocarla para que ella se mostrara ansiosa por volver a sentir aquel extremo placer. Recordaba vívidamente como él se había deslizado hacia abajo, le había abierto las piernas y había puesto su boca «ahí».

¿Dónde estaría Nico?

Se levantó, se puso una bata y bajó las escaleras. Spiro apareció al pie, sacudiendo la cola, y la siguió de una habitación a otra. Nico no estaba en ninguna parte.

Finalmente dio con él en la cocina. Llevaba unos pantalones oscuros y una camisa clara, tomaba un café y leía algo en una tableta. Observándolo desde la puerta, Chiara se sintió súbitamente avergonzada.

Él alzó la cabeza e indicó el fuego.

–Hay café recién hecho –dijo. Y siguió leyendo–. Voy a ocuparme de la conexión de *wifi*. Es un desastre. Además, tenemos que contratar a un ama de llaves y alguien de mantenimiento lo antes posible.

Chiara sintió un peso en el pecho. No sabía qué esperar después de la noche que acababan de compartir, pero desde luego no era que Nico la tratara como si fuera una ayudante, y no la mujer a la que le había hecho el amor apasionadamente.

Abatida, pero decidida a no dejar que Nico lo notara, se sirvió una taza de café y se sentó frente a su esposo.

Él dejó la tableta y preguntó:

–¿Qué tal estás?

Solícito, impersonal. Ni sombra del apasionado amante de la noche anterior.

Chiara se esforzó por sonar tan impersonal como él.

–Bien, gracias.

–*Bene* –Nico se puso en pie–. He cambiado de planes. Hoy voy a Roma a una reunión y a Nueva York iré la semana que viene.

Chiara sintió una leve esperanza.

–¿Voy a acompañarte?

Él frunció el ceño.

–¿A un viaje de negocios? No. Solo en caso de que tuviera algún evento social. Vas a estar suficientemente ocupada con las obras del *castello*.

La pequeña llama de esperanza se resistió a apagarse

–Pensaba... después de anoche... que podíamos tener un matrimonio menos... impersonal –dijo Chiara.

Nico permaneció imperturbable.

–Eras virgen, *cara*, es natural que confundas el deseo con el afecto. Me he casado contigo por el *castello*, y porque necesito esposa y herederos. En ese sentido, no ha cambiado nada.

Chiara se quedó helada al darse cuenta de la verdadera magnitud de su error. Lo que para ella había sido una experiencia transformadora, para Nico no había significado nada.

Entonces se dio cuenta de algo y la sangre se le congeló en las venas. Se puso en pie y dijo:

–Anoche no usamos protección...

¿Y si estaba embarazada?

Una sombra cruzó el rostro de Nico.

–Lo sé.

Chiara sintió pánico.

–Lo has hecho a propósito; te has aprovechado de mi inexperiencia para intentar dejarme embarazada.

El rostro de Nico se contrajo en un rictus tenso.

–Veo que tienes una gran opinión de mí.

–¿Te extraña? Solo tengo pruebas de que eres capaz de todo por conseguir lo que quieres. Pero ni siquiera así te habría creído capaz de esto –Chiara se sentía al borde de la histeria y se obligó a calmarse.

Nico hizo ademán de ir hacia ella, pero no se movió.

–Anoche no estaba pensando con claridad. En cualquier caso no sería tan grave, ¿no? Eres mi mujer.

«Claro que sería grave», pensó ella. Porque aunque estaba segura de que amaría a su bebé en cualquier circunstancia, no quería que sucediera así, en una nebulosa de lujuria y desenfreno.

–Lo de anoche fue un error –masculló.

–Te dije desde el principio que pretendía que este fuera un matrimonio en todos los sentidos, Chiara.

—No debería de haber accedido a casarme contigo —desesperada, Chiara añadió—: Quiero la anulación

—Demasiado tarde —dijo él, sacudiendo a cabeza—. Hemos consumado el matrimonio.

Las sospechas volvieron a asaltar a Chiara.

—Me sedujiste a propósito.

Estaba segura de ello. Nico sabía que le bastaría halagarla y hacerle sentir deseada para que se derritiera. Había hecho con ella lo que había querido, y que fuera virgen se lo había facilitado.

Nico la miró con expresión sombría.

—Te seduje porque te deseaba.

Chiara emitió una risita nerviosa.

—¡Qué listo eres!

Nico volvió a concentrarse en la tableta antes de ponerse en pie.

—El avión me espera para ir a Roma. Seguiremos esta conversación más tarde —cuando iba hacia la puerta, se giró y añadió—. Chiara, este matrimonio puede salir mejor que muchos. No hay sentimientos implicados, los dos amamos el *castello* y queremos restaurarlo. Que haya química entre nosotros es una ventaja que nos facilitará las cosas.

Y se marchó.

Chiara oyó el coche alejarse. Se sentó y miró al vacío. No podía creer que hubiera sido tan ingenua. Pero también se dio cuenta de que la vida sobreprotegida que había llevado no le había preparado para un hombre como Nicolo Santo Domenico.

Tenía que asumir la cruda realidad: había sustituido como guardianes a sus padres, por su marido, que claramente no tenía la menor intención de permitirle tener una vida más allá del *castello*.

Se llevó la mano al vientre. Cabía la posibilidad de

que estuviera embarazada. ¡Con qué satisfacción recibiría esa noticia Nico, como un paso más en la recuperación del poder de su familia!

Para él, ella no era más que un instrumento. Lo peor era que ni siguiera se había esforzado por disimularlo.

Pero la noche anterior Chiara había atisbado una faceta de sí misma que desconocía. Se había convertido en una mujer. Por un instante había creído que su matrimonio podía ser real, pero había estado completamente equivocada.

Quizá ella había descubierto la sensualidad, pero para Nico no debía de haber sido más que una experiencia vulgar. Le había proporcionado un arma con la que manipularla. Y esa arma era su propia fragilidad.

El futuro que se abría ante sus ojos era deprimente. Nico la sobrellevaría como su padre la había sobrellevado a pesar de su desilusión porque no fuera chico. Y en ese momento se dio cuenta de que temía menos perder el *castello* que perderse en el torbellino de la vida de Nico; que le aterrorizaba aún más estar embarazada y saberse atrapada con un hombre que solo quería utilizarla.

La atenazó el pánico. No estaba embarazada. No podía estarlo. La vida no podía ser tan cruel.

Pero tenía que aprovechar la oportunidad, antes de que Nico volviera. Antes de que volviera a tocarla y viera que no solo tocaba su cuerpo, sino también sus emociones.

Había sido una estúpida al pensar que podía manipular a Nico al casarse con él. Nunca más cometería ese error.

Capítulo 5

Cinco meses después

—Creo que hemos encontrado a su mujer, señor Santo Domenico. Le voy a enviar unas fotografías para que lo confirme. Trabaja en un restaurante en Dublín. Hay algo que debe de saber: está embarazada.

Las palabras del detective privado resonaron en los oídos de Nico, especialmente una: embarazada.

Nico fue hasta la ventana de su despacho y contempló la vista de Manhattan desde las oficinas centrales de su empresa, que incluía constructoras y empresas tecnológicas. Un emporio que requería la atención de un titán. Pero Nico llevaba meses, cinco meses, de hecho, sin conseguir concentrarse en su trabajo.

Todavía estaba furioso porque su modosita mujer siciliana hubiera tenido la osadía de esfumarse como un fantasma el día posterior a su boda.

La rabia eclipsaba la satisfacción que sentía al haberla encontrado. Su mujer lo había puesto en una situación extremadamente incómoda. Todos sus socios sabían que se había casado, pero la excusa de que no la presentaba en público porque estaba ocupada con las obras del *castello* empezaba a resultar poco creíble. Solo hacía unos días, uno de sus competidores había bromeado sobre su «imaginaria» esposa.

Pero él sabía hasta qué punto era real.

Seguía sintiendo la carga erótica de su noche de bodas, y por más que quisiera negarlo, la idea de recuperarla le provocaba un placer anticipado.

Había revivido aquella noche una y otra vez. Especialmente el instante en el que había visto a Chiara desnuda por primera vez. Todavía podía ver como si la tuviera ante sí sus sensuales curvas, sus senos voluptuosos, la cintura estrecha y las caderas bien formadas. Su cabello largo e indomable. Era como una hermosa ninfa.

No se le había pasado por la cabeza que pudiera ser virgen; pero eso explicaba que ella se hubiera sentido tan afectada. Por su parte, él había cometido el error de dejarse llevar por sus hormonas. Había tenido suerte de que Chiara fuera lo bastante inocente como para no aprovecharse, tal y como habría hecho una mujer más experimentada, de la vulnerabilidad que había exhibido.

Cuando apareció en la cocina y vio la mezcla de timidez y asombro que seguía reflejándose en su rostro, había sentido un peso en el pecho.

Ni siquiera se había esforzado en negar las acusaciones de que había intentado dejarla embarazada deliberadamente, porque prefería que creyera eso a que supiera hasta qué punto había perdido el dominio de sí mismo.

«Eres un cobarde», le susurró una voz que ahogó al instante.

Él quería que su matrimonio fuera lo más real y práctico posible, pero no que Chiara desarrollara sentimientos que él nunca podría corresponder. Por eso había querido dejarle claro que no había habido nada remotamente romántico en su noche de bodas.

Si no hubiera aprendido a despojarse de las emociones, seguiría en Nápoles, robando teléfonos o seduciendo a turistas solitarias para ganar unos euros.

Y nunca habría podido cumplir el último deseo de su padre.

Pero cuando ya había conseguido eso y mucho más, en lugar de poder descansar, se había tenido que concentrar en localizar a su esposa, que resultaba estar embarazada.

Chiara le había dejado una nota que se le había quedado grabada en la memoria:

Querido Nico,

Como te habrás dado cuenta, me he marchado. Cometí un error al aceptar casarme contigo. Solo lo hice para poder permanecer en el castello.

Coincidirás conmigo en que puedes encontrar a alguien más apropiado que yo. No quiero tu dinero. Solo que me concedas el divorcio y acceder al castello un par de veces al año.

Por favor, cuida de Spiro. No creo que viva mucho más tiempo, pero confío en que disfrute con comodidad sus últimos meses de vida. He dejado instrucciones para su cuidado y el teléfono de su veterinario.

Atentamente,
Chiara Caruso

«Chiara Caruso». No Chiara Santo Domenico. ¡Como si no se hubieran casado! ¡Y como si el perro le importara más que él!

El abogado de Chiara lo había llamado tras su desaparición, preguntándole si accedía a darle el divorcio. Nico se había negado en redondo.

Pero lo que más le irritaba era el hecho de que no se había negado al divorcio por la posibilidad de que Chiara estuviera embarazada, sino por puro instinto. Aunque no supiera por qué, no quería dejarla ir. Además, él nunca seguía las sugerencias de nadie, menos aun cuando no quería hacer algo... como casarse con alguien más adecuado.

Ninguna de las mujeres que había conocido los últimos meses le había interesado. Y no había podido evitar comparar sus cuerpos delgados con las curvas voluptuosas de la mujer con la que se había casado.

Oyó que le entraba un nuevo correo y volvió al escritorio. Cuando lo abrió, la pantalla se llenó de imágenes de su mujer en un pequeño restaurante italiano vulgar. Estaba vestida de negro, con un delantal blanco. Nico se tensó al fijarse en su abultado vientre. Efectivamente, estaba embarazada.

Para él la idea de tener una familia había sido siempre algo abstracto. Una promesa que había hecho a su padre. Un deber que cumplir. Pero al ver aquella imagen sintió de pronto un impulso primario y posesivo.

«Mi semilla. Mi bebé».

La prueba de que su noche de bodas había tenido consecuencias lo dejó atónito. «Si es que eres el padre», le susurró una voz interior escéptica. ¿Y si Chiara se había acostado con otro hombre?

Esa posibilidad despertó en él una reacción aún más primaria y se concentró en las emociones que le provocaba la idea de formar una familia. Recordó entonces las palabras de su padre: «Nicolo, tienes que tener hijos para que nuestro apellido no se pierda. Eres el único descendiente de la que fue una poderosa dinastía. No puedes permitir que los Santo Domenico se extingan... Prométemelo, Nicolo».

Nico volvió a fijarse en las fotografías y en el rostro de Chiara. Llevaba el cabello recogido en una coleta y ni gota de maquillaje. Ver que estaba pálida y que parecía cansada lo inquietó.

Pensó en el excepcional verde de sus ojos y en cómo habían brillado como esmeraldas cuando sus cuerpos se unieron. Deslizó la mirada a sus senos y al ver que presionaban la camiseta que llevaba, su cuerpo despertó violentamente.

«¡*Inferno*!»

Cerró el correo y tomó el teléfono. Cuando descolgaron al otro lado, dijo crispado:

—Sí, es ella. No cabe duda.

Volvió junto a la ventana a la vez que el calor que había invadido su cuerpo era reemplazado por una fría resolución.

—No será necesario —continuó—. Iré por ella yo mismo.

—Quieren la pasta corta, Tony, no la *lingüine*.

Chiara sonrió para sí cuando el cocinero dejó escapar un exabrupto porque la gente no sabía comer. Se llevó una mano al vientre distraídamente. El bebé no se había movido desde hacía un rato, pero no le preocupaba. Mientras permanecía activa, parecía quedarse quieto; y cuando intentaba dormir, entraba en acción, lo que no contribuía a que no pudiera descansar.

Anhelaba dormir... pero cuando por fin lo lograba la asaltaban los recuerdos de él, su marido, el hombre al que había dejado tras la noche de bodas.

Durante los dos primeros meses había estado furiosa consigo misma por no haber intentado negociar un acuerdo que no implicara casarse, pero finalmente había dejado de torturarse. Además, de no haberse casado, no habría disfrutado de una noche que le había cambiado la vida. Literalmente.

Inicialmente, había preferido ignorar las señales de que estaba embarazada, diciéndose que se debía al estrés de viajar por primera vez fuera de Italia y de tener que ganarse la vida. Pero había tenido suerte y se sentía orgullosa de haber prosperado. Si es que ser camarera podía considerarse prosperar.

Podía imaginar cómo reaccionaría su marido si lo supiera. Porque seguía siendo su marido aunque Chiara no comprendiera por qué se negaba a darle el divorcio.

Por su parte, era consciente de que debía contarle lo del bebé, pero siempre lo posponía, diciéndose que lo haría cuando estuviera preparada para ello.

Pero solo pensar hablar con Nico, en salir de su escondite y volver a verlo, hacía que se le formara un nudo en la boca del estómago.

—Chiara... Vuelve a tierra.

Chiara parpadeó, aturdida. Una de sus compañeras de trabajo estaba ante ella, cargada con platos. Señaló con la cabeza el comedor:

—Acaba de entrar un cliente. ¿Puedes acompañarlo a una mesa?

Chiara entró en acción.

—Por supuesto. Perdona, Sarah.

Tomó un menú y, sonriendo, se volvió para atender al cliente, pero la sonrisa se congeló en sus labios y el menú se le cayó de las manos.

Ya no tendría que ponerse en contacto con su marido. Lo tenía ante sí, en carne y hueso.

Sin saber cómo, Chiara logró articular:

—¿Puedo ayudarte en algo?

–He encontrado lo que estaba buscando, pero me tomaré un café solo. Fuerte –contestó Nico con ojos brillantes.

Chiara sintió que el cerebro no le funcionaba. «He encontrado lo que estaba buscando». Nico la había buscado.

Podía percibir la corriente de rabia apenas contenida. Vio que Nico fijaba los ojos en su vientre y sintió su mirada como si la tocara físicamente. Como un látigo.

Finalmente, antes de que su jefe acudiera a ver qué pasaba, se sacudió la perplejidad y dijo:

–Por supuesto. Por favor, toma asiento. Enseguida traigo el café.

Dio media vuelta con el corazón acelerado. Sentía náuseas. Manejó la máquina de café con dedos torpes; miró de reojo la puerta trasera y por una fracción de segundo contempló la posibilidad de huir. Pero luego volvió la mirada hacia el comedor y vio que su marido la observaba.

Nico sacudió la cabeza lentamente, como diciendo: «Ni se te ocurra».

Chiara preparó el café y lo llevó a la mesa con mano temblorosa. Lo dejó con brusquedad en la mesa, delante de Nico. Estaba a punto de dar media vuelta e irse cuando él le tomó la muñeca. Sintió que la piel le ardía y la invadió una avalancha de imágenes cargadas de sexo.

–Siéntate, *mia cara moglie*. Hace mucho que no te veo.

«Amada esposa». Ella no era eso para él, sino un medio para conseguir sus fines. Había creído poder meterse en el ojo del huracán y salir ilesa, pero no solo había resultado herida, sino que, además, estaba embarazada de cinco meses.

Sintió la rabia bullir en su interior y se aferró a ella. Dio un tirón de brazo para soltarse.

–¿Qué quieres, Nico? Estoy trabajando.

Él miró con desdén a su alrededor y dijo fríamente:

–Mi esposa no tiene necesidad de trabajar.

Chiara sintió que se le erizaban las púas de un feminismo que desconocía poseer.

–Me gusta trabajar y necesito sobrevivir.

–Porque has huido.

–Ya te dije que casarnos había sido un error.

Él entornó los ojos.

–Ah, sí, tu amable nota. Yo no te mentí, Chiara. Nunca fingí que hubiera sentimientos entre nosotros, solo un acuerdo de negocios, un matrimonio de conveniencia.

Chiara se tensó.

–Lo sé. Fui yo quien cambió de idea.

Él dijo en tono acusador:

–¿Te casaste conmigo para poder presionarme?

Chiara se sentó frente a él, dándose por vencida.

–¿Te extraña? No me diste otra opción.

Nico observó a su mujer y sintió una pulsión de deseo en la ingle. Maldijo para sí. Era imposible no ver cómo sus voluminosos senos presionaban la camiseta; y de pronto la idea de que otros hombres pudieran observar su fértil cuerpo lo sacó de sus casillas.

Porque Chiara era hermosa a pesar, o quizá precisamente, porque no había en ella el menor artificio. Tenía una estructura ósea espectacular y unos labios grandes y carnosos. Además de aquellos ojos de un peculiar verde que cambiaban de color cada segundo y que parecían dos joyas exóticas.

A regañadientes, se obligó a desviar la atención de su cuerpo y del deseo que despertaba en él.

—Hay muchas mujeres para las que no sería un sacrifico estar casadas conmigo —dijo en tono altanero.

Chiara se acomodó en la silla y se cruzó de brazos.

—Perfecto, divórciate de mí y cásate con una de ellas.

Nico deslizó la mirada significativamente hacia su vientre redondeado.

—Creo que ya es un poco tarde para eso.

Chiara palideció. Por un momento, lo había olvidado.

—¿Cómo sabes que es tuyo?

Nico percibió la impostación en su tono. Intuitivamente, sabía que estaba en lo cierto. Aquel bebé era suyo.

—Eras virgen. Dudo que hayas ido saltando de cama en cama.

Chiara se mordió el labio.

—Puede que no, pero no me subestimes.

Nico se enfureció al imaginarla en brazos de otro hombre. En un tono letal, susurró:

—Nunca me serás infiel, Chiara.

Temblorosa, ella replicó:

—Supongo que eso es aplicable a ambos. ¿O tengo que ser humillada por las distintas amantes que tengas en cada una de las ciudades a las que vas?

Lo cierto era que las veces que lo había buscado en Internet desde que se había ido, no lo había visto con nadie, pero no había querido admitir el alivio que había sentido.

—Estamos casados. No veo motivo para ser infiel si mis... apetitos se ven satisfechos.

Una corriente eléctrica restalló entre ellos y Chiara

se quedó atónita al pensar que Nico parecía verdaderamente desearla, pero apartó esa posibilidad de inmediato.

Nunca le había creído cuando le había dicho que había química entre ellos. Estaba segura de que por parte de él no la había. Una cosa era que le gustara lo bastante como para acostarse con ella, pero eso era todo. No había sentido el abrasador deseo que la había consumido a ella.

La mañana siguiente a la noche de bodas había visto con toda claridad que seducirla no había sido más que otra más de sus estrategias para que no pudiera reclamar el divorcio aduciendo que no habían consumado el matrimonio.

Fue a decirle precisamente eso cuando una sombra se proyectó sobre la mesa y al alzar la mirada vio a su jefe, Silvano, que también era de Sicilia, y que los miraba de hito en hito.

—Falta una hora para tu descanso, Chiara.

Nico se puso en pie. Le llevaba al jefe unos cuantos centímetros, y el hombre pareció encogerse aún más. Chiara estuvo a punto de reírse y se dio cuenta de que estaba al borde de la histeria.

—Aunque no sea de su incumbencia, esta mujer es mi esposa y ya no trabaja para usted. He venido para llevarla a casa.

El hombre la miró. Era una buena persona y al saber que estaba embarazada había sido muy considerado con ella.

—¿Es verdad? —preguntó a Chiara.

Ella asintió con desgana, consciente de que no tenía otra salida.

—Sí, lo siento, es verdad.

El hombre se encogió de hombros.

–Los lunes son siempre muy tranquilos. Si quieres marcharte, no te lo impediré... A no ser que quieras que lo haga –dijo, mirando a Nico.

–Tranquilo, Silvano –contestó Chiara.

Silvano se echó atrás y dijo:

–Entonces recoge tus cosas. Si me das tus señas, te mandaré el salario que queda pendiente.

Chiara sacudió la cabeza, lamentando que su contacto con la libertad llegara a su fin.

–No, repártelo entre el personal. No lo necesitaré.

Silvano alzó las manos.

–*Va bene*, como quieras.

Chiara fue hacia la habitación del personal. Nico la retuvo por el brazo y le advirtió:

–Uno de mis hombres está en la parte de atrás.

Ella se soltó y le dijo airada:

–Dudo que pudiera correr muy deprisa, ¿no crees?

–¿Cuántas mujeres compartíais este espacio? –preguntó Nico en tono de censura.

Se refería a la habitación que Chiara había alquilado en una gran casa dividida en varios apartamentos destartalados.

–Ocho.

–¡En literas!

–Los alquileres son caros en Dublín. Eran unas chicas muy agradables.

Chiara evitó ponerse a la defensiva. La mayoría eran jóvenes brasileñas que estudiaban inglés, y aunque las circunstancias no fueran ideales, después de haber vivido tan aislada, había disfrutado de su compañía.

–Nos apoyábamos unas a otras y me ayudaron con el inglés –dijo.

Nico resopló con desdén.

–Podías haber puesto al bebé en peligro.

–No finjas que eso es lo que te importa. Todo lo que te importa es tener un heredero, tal y como habías planeado desde el principio.

Nico guardó silencio y solo se oyó el sonido ahogado del motor del avión privado. Entonces él se volvió con una expresión tensa que Chiara no supo interpretar.

–Lo creas o no, no había planeado olvidarme de usar protección aquella noche.

–¿Qué quieres decir?

Nico apretó la mandíbula antes de finalmente decir con evidente reticencia:

–Para cuando llegamos al dormitorio, era lo último en lo que pensaba. Esa noche... ni siquiera podía pensar. Y eso no me había pasado nunca.

El tono casi acusador que usó hizo que Chiara lo creyera y se irritó consigo misma por sentir una palpitación entre las piernas. Nico no le estaba diciendo que la deseara en ese momento. ¿Cómo iba a desearla si tenía el aspecto de una ballena varada?

Entonces Nico preguntó:

–¿Me lo habrías dicho?

Chiara se llevó la mano instintivamente al vientre y le sorprendió la expresión cargada de emoción con la que Nico siguió su mano antes de que volviera a componer un gesto impasible. Por un instante se preguntó si habría juzgado erróneamente su frialdad respecto a la idea de tener hijos.

Chiara tomó aire.

–No podría habértelo ocultado; pero no sé si te lo habría dicho antes o después de que naciera.

Nico frunció el ceño.

–¿Qué quieres decir?

–Que iba a criarlo yo sola. Sigo pensando que no es bueno para un bebé crecer con unos padres que no se aman.

Nico se giró hacia ella.

–En la fotografía del *castello*, parecéis una familia bien avenida, pero tú me comentaste que no siempre reinaba la armonía.

Chiara habría querido preguntarle por qué era tan cínico.

–No, no todo era armonía en casa –admitió de mala gana–. Mi madre y yo estábamos muy unidas, pero después de mi nacimiento, ella ya no pudo tener hijos. Y mi padre no se recuperó de la desilusión de no tener un hijo varón. Nunca me dejó que me implicara en el negocio familiar.

–¿Por qué te protegieron tanto?

–Fui una niña enfermiza, con tendencia a sufrir infecciones. Luego se me pasó, pero para entonces mis padres me habían escolarizo en casa y me mantuvieron aislada.

Fue a añadir que el matrimonio de sus padres no era completamente feliz, pero no quería confirmar la tesis de Nico.

Una azafata los interrumpió con un carraspeo.

–Perdone señor, empezamos el descenso sobre Roma.

–¿Vamos a Roma? –preguntó Chiara cuando la azafata se fue. Solo había ido a Roma de pequeña, con sus padres.

–Sí, estoy invitado a una cena esta noche en la residencia del embajador francés. Es la ocasión perfecta para presentar a mi esposa.

A Chiara se le erizó el vello.

–Solo soy un peón para ti. Me compraste a la vez que el *castello*.

–Tú te dejaste comprar –dijo él con desdén–. No habrías durado ni dos minutos fuera del *castello*.

Chiara se ruborizó.

–Te equivocas. He durado cinco meses.

–Tu sitio está a mi lado como mi esposa y futura madre de mi hijo.

Nico desvió la mirada y se concentró en su tableta. Chiara se sintió como una niña reprendida. Se mordió la lengua y miró por la ventanilla mientras aterrizaban.

No se le escapaba la ironía de que por fin estaba cumpliendo sus sueños de viajar, al mismo tiempo que nunca se había sentido tan atrapada.

–Jamás habría pensado que pudiera quedarme así.

Chiara miraba en un espejo su indómito cabello peinado en unas suaves y delicadas ondas. Tenía pómulos. Y labios llenos y rojos. Sus ojos eran enormes. Parecía otra persona. Una mujer como las que veía en las revistas.

–Tiene un cabello maravilloso, *signora* Santo Domenico. Solo necesita los productos adecuados.

Oír su nombre de casada sacó a Chiara de la contemplación de su imagen. Desde que habían aterrizado en Roma se habían sumido en una actividad frenética. Nico había estado al teléfono todo el viaje hasta su apartamento, en uno de los barrios más exclusivos de la ciudad.

Nada más llegar, la había dejado en manos de un equipo de estilistas para que la arreglaran para la cena. Y en lugar de sentirse insultada, había sido un alivio para ella.

–¿De cuántos meses está embarazada, señora?

Chiara miró a través del espejo a la estilista que había sustituido a la peluquera y maquilladora.

–De cinco meses.

–Acompáñeme. He seleccionado varios vestidos.

Chiara la siguió y la mujer, tras revisar cinco vestidos que había colgado en el rail más exterior de un gran vestidor, seleccionó uno negro.

–Creo que este es perfecto. Pruébeselo.

Chiara fue al servicio y justo estaba diciéndose lo poco apropiada que era su ropa interior para un vestido tan sofisticado, llamaron a la puerta y la estilista le pasó una caja. En ella Chiara encontró el conjunto de encaje negro más bonito que había visto en su vida y que le quedaba a la perfección. No pudo evitar ruborizarse al suponer que Nico debía de haberles dicho cuál era su talla, y aunque le sorprendió que lo recordara, la efervescencia que había entre ellos desde que había aparecido en el restaurante era innegable.

Al verla salir, la estilista exclamó:

–*Bellissima*, señora Santo Domenico.

Incrédula, Chiara se volvió hacia el espejo. Al verse, contuvo el aliento. El vestido tenía un escote en uve y caía en capas de gasa hasta el suelo. Aunque se apreciaba su estado, el corte del vestido la favorecía y casi le hacía parecer delgada.

Llamaron a la puerta y una voz anunció:

–El señor está listo para partir.

La estilista le dio a Chiara un chal y un bolso, y le ayudó a ponerse unas sandalias de tiras. Cuando estuvo lista, Chiara tomó aire y se preparó mentalmente para ir al encuentro de su esposo.

Capítulo 6

NICO NO conseguía concentrarse y aunque se decía que era porque era la primera vez que acudía a un acto social con su esposa, sabía que lo que le pasaba era que no había logrado recuperarse de la impresión que le había causado ver a Chiara aparecer en el vestíbulo del apartamento, tímida e insegura. Y... espectacular.

En aquel momento se encontraban entre un selecto grupo de la élite social de Roma, y Chiara atraía las miradas de más de un hombre.

Llevaba el cabello recogido sobre uno de sus hombros. El corte en uve dejaba a la vista el arranque de sus senos y Nico había tenido que reprimir el impulso de pedirle que se pusiera algo menos escotado cuando en realidad su vestido era más púdico que el de la mayoría que lucían las mujeres que los rodeaban. Y, sin embargo, cada vez que Nico la miraba, solo podía pensar en cuánto la deseaba. Llevaba cinco meses deseándola. Nunca había pasado tanto tiempo sin disfrutar de los placeres del sexo.

Chiara iba de su brazo y se lo apretaba con tanta fuerza que casi le cortaba la circulación. La miró y vio pánico reflejado en sus ojos.

−¿Estás bien?

−Nunca había estado en un sitio así. No sé qué hacer o qué decir.

Nico se sintió culpable al percibir las ojeras que rodeaban sus ojos. Prácticamente la había raptado de Dublín, la había metido en un avión y de pronto se encontraba en uno de los eventos sociales más exclusivos de Roma. Poca gente podía adaptarse de un medio a otro fácilmente.

Él mismo recordaba la primera vez que había acudido a un evento como aquel. Se había sentido torpe e inculto, y había tenido la convicción de que había gente que lo miraba como si temiera que fuera a robar la cubertería de plata.

—¿Cuándo has comido algo por última vez? —preguntó al recordar que no había probado bocado en el avión.

Ella parpadeó.

—Desde el desayuno... creo.

—No te estás cuidando. Ni a ti ni al bebé —la amonestó él.

Chiara se soltó de su brazo y lo miró airada.

—No me has dado casi tiempo ni de hacer la maleta, y menos aún para comer.

Nico no la contradijo porque tenía razón. Tomándola por el codo la guio hacia el comedor, donde se dirigía el resto de los invitados.

—Asegúrate de comer abundantemente. Mañana pediremos una cita con un especialista para asegurarnos de que el bebé está bien.

Chiara tenía los nervios a flor de piel y se sentía desubicada. Nuca había estado en un ambiente tan opulento. Titilantes candelabros y cientos de velas envolvían a los invitados en una luz dorada en el enorme salón de baile del palacio medieval italiano que cobijaba la embajada francesa.

Las joyas que decoraban cuellos, orejas y muñecas

la cegaban. Las mujeres eran preciosas y los hombres guapos y elegantes.

Camareros uniformados se desplazaban entre los invitados con canapés exquisitos y copas champán.

Chiara se sentía intimidada y absurdamente incómoda en su vestido.

Al verla, Nico la había mirado como si tuviera dos cabezas. Y cuando ella le había preguntado si estaba bien vestida, él se había limitado a mascullar: «Sí. Tenemos que irnos».

Además, la proximidad de Nico solo contribuía a agitarla. Era la primera vez que lo veía con esmoquin, aparte de en fotografías, y no lograba recuperarse del impacto de verlo tan guapo.

Para empeorar las cosas, ella era la única mujer embarazada y todas las demás eran más altas, esbeltas y delgadas como un palo.

—El bebé está perfectamente. He visitado a un especialista en Dublín.

—Aun así, veremos a otro aquí, y nos aseguraremos de tener los mejores en Sicilia.

Llegaron a su mesa y Nico separó una silla para Chiara.

—Todavía faltan cuatro meses —apuntó ella a la vez que se sentaba.

Entonces se dio cuenta de que Nico se alejaba y sintió pánico. ¿No se sentaba su lado? Ocupó una silla en el lado opuesto de la mesa, y dado que esta era enorme, estaba tan lejos como si hubiera ido a otro planeta.

Vio que lo flanqueaban dos mujeres hermosas, una rubia y una pelirroja, que al instante intentaron atraer su atención, y sintió algo que no había experimentado nunca: celos.

Nico la miró y enarcó una ceja. Ella forzó una sonrisa para evitar que notara hasta qué punto estaba turbada.

Se sentía expuesta y cohibida. En ese momento, una mujer alta y de una elegancia aristocrática se sentó a su derecha al tiempo que un hombre maduro ocupaba la silla de su izquierda.

Cuando la mujer le preguntó:

—¿Quién eres y a qué te dedicas?

Chiara sintió que se ahogaba.

Respondió con sinceridad:

—No soy nadie importante. Estoy aquí con mi marido: Nicolo Santo Domenico.

La mujer pareció animarse de inmediato. La miró de arriba abajo, observando su vientre abultado, y dijo:

—¡Qué interesante! En primer lugar, no digas nunca que no eres importante, porque no es verdad. Ahora, háblame de ti. Si eres la esposa de Santo Domenico, estoy segura de que tienes una historia interesante... ¿No sabes que la gente solía referirse a él como «el hombre indomable»?

La mujer miró hacia Nico y luego guiñó un ojo a Chiara, diciendo:

—Parece que has causado una gran conmoción.

—¿Qué te ha dicho la princesa Milena?

Chiara miró alarmada a Nico en el asiento trasero del coche

—¿Es una princesa?

Nico asintió.

–Princesa Milena de Génova. Una de las dinastías más antiguas de Italia.

Chiara no daba crédito.

–Pero es encantadora... hemos tenido una conversación tan agradable.

Nico dijo con escepticismo.

–Es famosa por ser severa y taciturna y, sin embargo, cada vez que os miraba, estaba riéndose.

Chiara se encogió de hombros.

–Hemos charlado sobre temas intrascendentes.

–¿Te ha preguntado por mí?

A Chiara le intrigó aquella muestra de inseguridad por parte de Nico.

–¿Te preocupa?

Él apretó los dientes.

–En una ocasión acudí a ella para una inversión y se negó a verme.

–Sentía curiosidad por cómo nos conocimos.

–¿Qué le has dicho?

–La verdad, que fue por el *castello*. No tiene sentido ocultar los hechos. Evidentemente no le he contado los detalles de nuestro acuerdo, pero sospecho que intuye que no hay nada romántico en nuestra unión.

–Como en ningún matrimonio.

–No estoy de acuerdo ¿Por qué eres tan cínico?

–Porque en mi experiencia, el amor es un mito creado por los escritores para distraernos de la realidad de la vida: que estamos inevitablemente solos.

–¿Qué le pasó a tu madre?

Nico se volvió hacia Chiara.

–¿Qué tiene que ver mi madre con esto?

Chiara percibió un tono amenazador en su voz, pero lo ignoró.

–Mucho. Después de todo era tu madre.

–No lo era. Me dio a luz, eso fue todo. Nos abandonó a mi padre y a mí cuando yo apenas tenía unos días de vida –dijo Nico con aspereza. Y giró la cara hacia la ventanilla.

Chiara sintió el corazón en un puño al percibir un profundo dolor en las palabras de Nico.

–¿No la has visto nunca? –preguntó.

Nico tardó tanto en contestar que Chiara pensó que no lo haría. Pero finalmente dijo:

–Se presentó hace unos años en mi despacho de Roma, pero me negué a verla.

Chiara dijo con cautela:

–Comprendo que reaccionaras así, pero quizá tenía que decirte algo importante, explicarte por qué actuó de esa manera.

Nico se volvió a mirarla y Chiara estuvo a punto de encogerse al ver la severidad de su expresión.

–No me interesan sus explicaciones, sean las que sean. Para mí, está muerta. Asunto cerrado.

«Quizá tenía que decirte algo importante».

Las palabras de Chiara se clavaron en Nico como un puñal. Y odió que le recordaran aquel día en el que su ayudante había entrado en el despacho anunciando: «Ha venido una *signora* Santo Domenico. Dice que es su madre».

El shock lo había dejado sin palabras, pero luego había sentido un odio tan profundo que había temblado de pies a cabeza. Poniéndose en pie había dicho: «Dile que no estoy disponible y que no se le ocurra volver».

No había dormido bien a lo largo de los dos meses siguientes, en parte porque se sentía culpable. La misma emoción que Chiara acababa de despertar en él. Pero si alguien debía sentirse culpable era su madre, no él.

Cuando llegaron al apartamento, Nico se sentía en un estado de tensión que solo un par de cosa podían aliviar: el ejercicio físico o el sexo.

Junto a Chiara, en el ascensor, se dio cuenta de que ella evitaba mirarse en el espejo.

–¿Por qué no te miras?

Ella lo miró, ruborizándose, y Nico se dijo que reaccionaba así porque era casi virgen. Ese pensamiento no contribuyó a relajar la tensión que sentía. Menos aún en aquel limitado espacio, con el aire impregnado del evocativo perfume de Chiara y su sensual cuerpo a apenas unos centímetros de sus manos.

–Nunca me ha gustado mirarme. Y ahora..., no me siento yo misma –Chiara señaló su imagen–. Esta no soy yo.

–Eres mi mujer. Ahora sí eres esa –dijo él con voz ronca–. Tendrás que acostumbrarte.

Vio palidecer a Ciara cuando se abrieron las puertas y Nico se sintió peligrosamente al borde de perder el barniz de educada contención que había alcanzado con los años y de volver a actuar como el torpe adolescente que había sido en el pasado. Solo podía pensar en arrancarle el vestido a Chiara y echarla en su cama, desnuda, antes de perderse en su ceñido y caliente cuerpo.

Pero estaba embarazada. Era una fruta prohibida. De hecho, le había dado un dormitorio para ella sola. No estaba seguro de que pudieran hacer el amor sin perjudicar al bebé. Lo que no había esperado era encontrarla aún más seductora, y no sabía cómo comportarse porque no estaba acostumbrado a tener que reprimirse.

Ella se volvió en el vestíbulo y sin mirarlo a los ojos, dijo:

—Buenas noches.

—Espera —dijo Nico cuando ya se iba. Chiara se volvió—. La princesa Milena es arisca y sin embargo la has tenido comiendo de tu mano. Estás preciosa.

Chiara se ruborizó.

—Gracias —dijo. Y se marchó.

Nico se quedó observando el espacio vacío que había dejado. Luego fue a su dormitorio, se cambió y fue al gimnasio hasta quedarse exhausto.

Solo después de darse una ducha fría empezó a sentirse algo más relajado.

«Estás preciosa».

Chiara tardó en conciliar el sueño y culpó de ello al bebé y su samba nocturna, pero en realidad se debía a todos los acontecimientos del día.

Aquella mañana, al despertarse en su habitación de Dublín, no se le había pasado por la cabeza que acabaría durmiendo en el lujoso apartamento de Nico en Roma.

En parte tenía que admitir que era un alivio que Nico la hubiera encontrado, porque llevaba tiempo con el peso de la culpabilidad de contarle lo del bebé. Y por fin se lo había quitado de encima. Lo único que le quedaba por resolver era cómo iba a encajar en la vida de Nico.

¿Tendrían un futuro juntos? ¿Le haría de nuevo el amor alguna vez? La recorrió un escalofrío al recordar la sensación de estar simplemente cerca de él, como en el ascensor. ¿Se le pasaría alguna vez aquella hipersensibilidad a su presencia?

Pero por más que anhelara sus caricias, también las temía. La noche de bodas había roto algo en ella, tanto que había tenido que distanciarse miles de kilómetros de él. Si volvía a tocarla, no se consideraba capaz de disimular lo que sentía.

El embarazo tampoco ayudaba, porque hacía que se sintiera aún más emocional.

Se llevó la mano al vientre y al notar moverse al bebé, rezó para, por su bien, que Nico y ella sí tuvieran un futuro... de algún tipo.

No podía enamorarse de él, porque si eso pasaba, vivir a su lado sería una tortura. Nico jamás le correspondería.

Su actitud hacia su madre la había dejado helada, incluso aunque pudiera comprender su dolor y su resentimiento por haber sido abandonado. Y le había dado miedo darse cuenta de hasta qué punto había querido consolarlo cuando había intuido el dolor que seguía causándole. Tenía que mantenerse distanciada emocionalmente de él.

El bebé dio una patada y Chiara se reprendió por ser tan egoísta. Lo único que importaba era que Nico amara a su hijo. No quería que su criatura experimentara la sensación de abandono y de no dar la talla que había padecido ella. Su prioridad sería su bebé, criarlo y asegurarse de que él o ella se sintiera amado y seguro al margen de lo que pasara en su relación con Nico.

–¿Quieren saber si es niño o niña? –preguntó la médico, mirando a Nico y a Chiara.

Ella estaba echada en la camilla, con el abdomen desnudo y cubierto de lubricante.

–A mí me da lo mismo con tal de que esté bien –dijo.

Miró a Nico, que se había quedado perplejo al ver la imagen en la pantalla.

–A mí me gustaría saberlo –dijo. Y mirando a Chiara, añadió–: Si te parece bien.

Ella se encogió de hombros.

–No me importa.

La médico volvió a aplicar el transductor a su abdomen y dijo:

–Solo quería asegurarme... Van a tener una niña.

Chiara sintió una súbita emoción al mirar la pantalla de nuevo y ver el pequeño corazón latiendo. Su hija.

Tardó unos segundos en darse cuenta de que Nico permanecía callado, y cuando lo miró su expresión era impenetrable.

La médico pareció intuir que necesitaban asimilar la noticia, limpió el lubricante del abdomen de Chiara y se lo tapó con la bata.

–Los esperaré fuera. Todo va muy bien. Enhorabuena.

Cuando salió, se produjo un silencio. Chiara se incorporó, ajustándose la bata y Nico permanecía de pie junto a la camilla, inexpresivo.

–No quieres una hija –dijo Chiara decepcionada.

Nico pareció salir de su ensimismamiento. La miró y frunció el ceño.

–No..., quiero decir, sí. En realidad no me lo había planteado en términos de un ella o un él. Y ahora...

Nico se sentó en una silla con cara de desconcierto. Era la primera vez que Chiara lo veía inseguro.

–¿Habrías preferido un niño?

Estaba segura de que sí.

Pero Nico negó con la cabeza.

–No. Solo me importa que el bebé nazca bien. Pero tengo que hacerme a la idea. Supongo que había asumido que sería chico.

Su sinceridad contribuyó a que Chiara se relajara. Después de todo, ninguno de los dos estaba preparado ni había planeado aquello.

–Mi padre quería un chico, y yo sentí el peso de su desilusión toda la vida –miró a Nico–. No quiero que a nuestra hija le pase lo mismo.

Nico la miró a los ojos.

–Tengo que reconocer que mi experiencia con las mujeres no es precisamente positiva, pero no voy a castigar a mi hija por eso.

Se expresó con fiereza y Chiara tuvo una encantadora imagen de él con su pequeña en brazos, riendo. Para evitar que Nico viera la emoción que la embargaba dijo:

–Has dicho «mujeres, ¿a quién te refieres?

Nico se puso en pie y cruzó la pequeña sala.

Chiara insistió:

–Nico, vamos a ser padres. Merezco conocerte mejor.

Nico se pasó la mano por el cabello, alborotándolo.

–En mi juventud conocí a una mujer de la que creí estar enamorado.

Chiara sintió el corazón palpitante. Nico había creído en el amor.

–¿Qué pasó?

Él continuó con voz ronca:

–La encontré en la cama con mi mejor amigo y socio. Ella le había animado a traicionarme y llegar a un acuerdo con un cliente a mi espalda. Pero sobreestimó la habilidad de él y subestimó la mía. Corté con los dos y me fui a América.

Y se había convertido en el Rey del Mundo.

Chiara se dio cuenta de que Nico no estaba ni mucho menos vacío de emociones. Su madre y una mujer lo habían herido. Y saber que había amado en el pasado hizo brotar en ella la esperanza de que algún día volviera a amar.

—No todas las mujeres son avariciosas y traicioneras —dijo con voz queda—. Nuestra hija no lo será.

—Si no te hubiera conocido, quizá seguiría pensando lo peor de la gente, pero puede que tengas razón.

En ese momento llamaron a la puerta y una enfermera asomó la cabeza.

—Su médico tiene una paciente esperando, pero querría hablar con ustedes antes de que se vayan.

Nico miró el reloj.

—Luego iremos al aeropuerto. El avión está esperándonos para llevarnos a Sicilia.

Salió para que Chiara se cambiara, dejándola con la feliz expectativa de ver de nuevo su hogar.

Lo primero que Chiara notó fue que había una verja nueva, de acero, que se abrió automáticamente cuando Nico pulsó un control remoto.

Mientras avanzaban en el coche hacia la puerta, vio a jardineros trabajando en el jardín. Habían desbrozado y plantado nuevas plantas, y Chiara se preguntó qué habría pasado con el jardín de hierbas aromáticas que solían tener detrás de la cocina.

Pero antes de que pudiera preguntarlo, apareció ante sus ojos su vista favorita: el *castello* recortado contra el mar.

Ahogando una exclamación, preguntó:

–¿Qué ese so?

–Un andamio. Los albañiles casi han acabado con la restauración del exterior –explicó Nico.

Detuvo el coche en el patio principal y salió para abrir la puerta a Chiara. Tenía que ayudarla a salir porque era un deportivo bajo, pero Chiara vaciló antes de tomarle la mano por temor a la reacción física que pudiera sentir. Nico frunció el ceño.

–Chiara, no voy a morderte.

Chiara se ruborizó y le tomó la mano. Al instante notó un intenso calor recorrerla. Había leído en un libro que, durante el embarazo, la actividad hormonal podía dar lugar a una extrema sensibilidad, incluido un deseo exacerbado.

En el mismo sentido, entre sus últimas recomendaciones, la médico les había dicho: «Puesto que es un embarazo perfectamente saludable, no hace falta que les diga que pueden disfrutar plenamente de todos los aspectos del matrimonio, incluido el sexo. A algunas parejas les da miedo hacer daño al bebé, pero es un mito».

Desde ese momento y durante todo el viaje a Sicilia, Chiara había evitado mirar a Nico por temor a que este creyera que iba asaltarlo y a exigirle que cumpliera con su deber conyugal.

De pronto una masa peluda dobló la esquina del *castello* y Chiara se arrodilló con los brazos abiertos. Spiro se lanzó sobre ella con tal ímpetu que estuvo a punto de tirarla. Chiara rio y se emocionó tanto al ver a su amigo, que estuvo a punto de echarse a llorar.

–Gracias por cuidar de él –dijo con la voz teñida de emoción.

Nico no le contó que había contratado a un entrenador para que se ocupara de Spiro, ni que había llegado a encariñarse tanto con él que cuando estaba trabajando en el *castello* le gustaba que se echara bajo su escritorio.

–De nada –se limitó a decir. Y la vio adelantarse con la mano sobre la cabeza del perro.

Estaba irritado con ella porque llevaba horas sin tan siquiera mirarlo. De hecho, desde el momento en el que la médico había dicho que no había ninguna razón por la que no pudieran disfrutar del sexo.

Él era de los que había creído que era peligroso, pero... Ya no era capaz de pensar en otra cosa que en el voluptuoso cuerpo de Chiara y en cuánto la deseaba.

Pero por como había reaccionado a las palabras de la médico, lo último que Chiara quería era sexo.

Llevaba la ropa premamá que le había proporcionado su estilista: unas mallas, un top ceñido y una rebeca de cashmere. Exudaba una salud y una vitalidad sensuales de las que no parecía darse cuenta.

Era la única mujer que Nico conocía que ni era consciente ni se aprovechaba de su belleza.

Chiara entró en el *castello* y él se tomó un momento para seguirla mientras revivía el instante en que se habían enterado de que esperaban una niña. En su arrogancia, él había asumido que sería niño. Pero al enterarse de que era una niña, lo había sacudido un profundo sentimiento protector que solo había sentido antes al ver las fotos de Chiara en Dublín, embarazada.

Para tranquilizarse, se dijo que sentir el impulso de proteger a su esposa y madre de su hija era un instinto natural. No significaba nada más.

–He esperado a que tú volvieras para contratar a los diseñadores de interior.

–Gracias –contestó Chiara, gratamente sorprendida.

Desde pequeña había soñado con redecorar el *castello*. Incluso había recortado artículos de revistas con ideas para hacerlo más claro y luminoso. Y la posibilidad de poder realizar sus sueños la emocionó; especialmente porque Nico podía haber decidido hacerlo por su cuenta dado que ella... lo había abandonado. Solo en ese momento se dio cuenta de que lo que había hecho debía de haberle recordado a lo sucedido con su madre, y con ello había contribuido a reforzar su cinismo.

–¿Qué querrías hacer tú? –preguntó a Nico.

–Me gustaría conservar las características originales en la medida de lo posible, dándole a un tiempo un aire más moderno. Pero confío en tu criterio.

Que sus gustos coincidieran animó a Chiara.

–¿Y si tenemos ideas distintas?

Nico señaló las pesadas cortinas y los muebles oscuros.

–¿Quieres conservar algo de esto?

Ella hizo una mueca.

–Para nada.

–Eso es todo lo que necesito saber.

–¿Has estado viviendo aquí? –preguntó Chiara, sintiendo una súbita curiosidad.

–De vez en cuando. Espero que no te importe que haya ocupado el despacho de tu padre. Y he dormido en el dormitorio principal. Nuestro dormitorio...

Chiara sintió que le ardían las mejillas. Para evitar que Nico lo notara, dijo precipitadamente:

–Claro que no me importa lo del despacho. En cuanto a... lo otro, tampoco hay ningún problema. Puedo usar mi antiguo dormitorio.

Se produjo un tenso silencio antes de que Nico dijera:

—No, *cara*, compartiremos dormitorio. No quiero dar lugar a más rumores sobre nuestro matrimonio.

Chiara tuvo la extraña sensación de que se le congelaba la sangre al tiempo que se le aceleraba el pulso.

—Puedo dormir en la alcoba adyacente al dormitorio. Antes era un vestidor —sugirió.

Nico se aproximó lentamente.

—¿A qué tienes miedo? Ya hemos compartido cama una vez... —dijo, mirando significativamente a su vientre.

Chiara temía que Nico se diera cuenta de que sus reticencias se debían precisamente a la fuerza con la que Nico la afectaba, mientras que a él solo le importaba que durmieran juntos por cubrir las apariencias.

—No es miedo. Es que no estoy durmiendo bien y te mantendría despierto.

—No te preocupes por mí, *cara*, puedo sobrevivir con muy pocas horas de sueño.

Capítulo 7

UN PAR de horas más tarde, Chiara seguía enfadada y nerviosa por la insistencia de Nico en que compartieran cama.

Oyó un ruido y levantó la vista de la olla cuyo contenido estaba removiendo. Nico estaba en la puerta, con las manos en jarras y cara de enfado. Se había puesto vaqueros y una camiseta cómoda, y Chiara tuvo que dominarse para no deslizar la mirada por su cuerpo.

–¿Qué estás haciendo?

Chiara sacó la cuchara de madera y tuvo la tentación de golpearle con ella por hacer que se sintiera acorralada.

–Cocinando la cena –contestó cortante.

–¿Dónde está el ama de llaves?

Nico había contratado a una mujer madura, María, con la que Chiara había coincidido al ir a explorar la cocina.

–Le he dicho que podía irse a casa. Yo solía cocinar para mis padres –dijo. De hecho era una buena cocinera.

Nico entró en la cocina sin dejar de fruncir el ceño.

–Mi mujer no es una cocinera. Para eso he contratado a un ama de llaves y en los próximos días tú entrevistarás a más candidatos para el servicio de la casa.

Irritarlo estaba siendo un bálsamo para el enojo que sentía Chiara.

—Me gusta cocinar.

Nico se acercó y olisqueó el aire. Una llama de curiosidad prendió en sus ojos antes de que pudiera ocultarla.

—¿A qué huele?

—Pollo a *alla cacciatora*. No es muy original, pero es de mis platos favoritos —Chiara hizo una pausa y añadió—: Ni siquiera sé si eres vegetariano.

—No lo soy —contestó él, malhumorado.

Chiara había puesto la mesa en la cocina. Allí había pasado gran parte de su infancia, aprendiendo a cocinar con su *nonna*, haciendo deberes, leyendo... soñando.

En aquel momento se arrepintió de haber pensado que era una buena idea cenar en la cocina, porque de pronto le resultó un espacio demasiado íntimo.

—Pensaba que podíamos cenar aquí, pero quizá prefieras ir al comedor.

Nico miró hacia la mesa y su rostro reflejó algo parecido al miedo antes de que recuperara una expresión neutra.

—No, aquí está bien.

Chiara sirvió el guiso en dos cuencos grandes y los llevó a la mesa. Nico lo probó y cortó un trozo del pan que Chiara había hecho para acompañarlo. Ella se sentía como si estuviera siendo examinada, y supuso que Nico estaría pensando que, comiendo así, no era de extrañar que tuviera algo de sobrepeso.

Pero entonces Nico dijo:

—Está buenísimo. ¿Cómo aprendiste a cocinar?

Chiara sirvió vino para él; y agua para ella.

—Me enseñó mi *nonna*. La madre de mi padre.

–¿Cuánto tiempo estuvisteis sin servicio? –preguntó Nico, mirándola.

–Unos cinco años.

–Es mucho tiempo para atender una propiedad tan grande como esta.

Chiara se encogió de hombros.

–Nos las arreglábamos.

Nico se reclinó en el respaldo de la silla con el vaso en la mano.

–¿Y de verdad que no sabías nada de la historia del *castello*?

Chiara sacudió la cabeza.

–Absolutamente nada –miró fijamente a Nico y añadió–: Aunque si lo que me dijiste de que mi padre echó al tuyo de aquí, él sí debía de saberlo. Siempre fue muy paranoico con la seguridad y la privacidad. Creo que por eso insistió en que me educara en casa. Quizá no quería que fuera al colegio con los niños locales, por si me enteraba de algo.

–Entonces ¿no tenías amigos?

Chiara se sentía como si Nico le estuviera arrancando la piel.

–La verdad es que no. Intimé con algunos de los hijos de los trabajadores; pero normalmente eran temporeros, y se trasladaban a otras explotaciones.

–Yo tampoco tenía muchos amigos –dijo Nico.

Chiara se quedó boquiabierta. ¿Un hombre tan dinámico y carismático como él?

Nico hizo una mueca.

–A tu padre le obsesionaba proteger su privacidad; el mío creía que éramos mejor que los demás, y que no merecíamos vivir en los suburbios de Nápoles. Algunos niños lo notaron y me daban de lado; se burlaban de mí por creerme mejor que ellos y por no tener madre. La obsesión de mi padre fue que yo tuviera éxito.

Chiara se conmovió. Podía imaginarse a un Nico desaliñado, cargando con un dolor que se esforzaba en ocultar.

–Tuve un amigo en el que confié a ciegas.

–¿El que se acostó con tu novia?

Nico bebió un sorbo y asintió.

–Durante años, la culpé a ella por haberlo seducido. Era muy bonita, y sabía cómo usar su belleza.

Chiara prefirió ignorar la súbita inseguridad que sintió.

–Pero la culpa la tuvo él –continuó Nico–. Ella le había gustado desde que se la presenté. Mi novia solo se aprovechó de su debilidad.

Chiara preguntó con la mayor naturalidad posible:

–¿Has vuelto a verla?

Nico terminó el vino.

–Me la he encontrado ocasionalmente. Creo que está por su segundo matrimonio.

Se levantó, dejando la servilleta en la mesa, dijo:

–Gracias. Estaba delicioso. Tengo que hacer unas llamadas. Deja los platos para María. Y en el futuro, comeremos en el comedor de arriba.

Chiara se indignó consigo misma por haber sentido una punzada de celos hacía unos minutos.

–¿Estás prohibiéndome que cocine? –preguntó, conteniendo la indignación a duras penas.

–Si quisiera que cocinaras, serías mi cocinera; no mi esposa.

Cuando Chiara despertó a la mañana siguiente, permaneció en la cama un rato largo, disfrutando de los sonidos, los olores y la cálida brisa que entraba por la ventana. Por el aroma a tierra mojada dedujo que había llovido durante la noche.

La noche. En la misma cama que Nico.

Abrió los ojos. Tal y como había intuido, el dormitorio estaba vacío. A su lado, la almohada estaba hundida donde había reposado la cabeza de Nico. Chiara pudo percibir su olor.

Ella se había acostado después de cenar, confiando, aunque convencida de que no lo conseguiría, en quedarse dormida antes de que él se retirara. En su mente oía el eco de la conversación que habían tenido. Había sido una velada agradable, hasta que Nico le había ordenado que se mantuviera alejada de la cocina.

Sin embargo, debía de haberse quedado dormida relativamente pronto debido al cansancio acumulado en los dos días precedentes.

El bebé se movió y Chiara se puso la mano en el vientre, sonriendo. Su niña. La ansiedad la asaltó al recordar la reacción de Nico a la noticia. Pero se recordó que había crecido solo con su padre después de que su madre los abandonara, y que después su novia lo había traicionado. Era comprensible que no le entusiasmara tener una niña. Tal vez le preocupaba no saber cómo relacionarse con ella, dado lo traumático de su relación con las mujeres.

Oyó que llamaban con suavidad a la puerta y se tapó con la sábana como una virgen aterrada.

—¿Sí?

La puerta se abrió y María apareció con una bandeja con zumo de naranja, una macedonia y tostadas, que dejó sobre la mesilla.

Chiara balbuceó «gracias». No recordaba la última

vez que el servicio le había llevado el desayuno a la cama.

A continuación María empezó a deshacer sus maletas y a colgar la ropa que la estilista había seleccionado para ella, y todos los intentos que Chiara hizo para que no se molestara fueron en vano.

Después de ducharse y ponerse un bonito vestido floreado, bajó a buscar a Nico. Lo encontró en el despacho. En lugar del viejo ordenador de su padre, sobre el escritorio había uno de última generación, además de dos portátiles, En una pared, había una televisión encendida en un canal de información económica actualizada regularmente.

Nico alzó la mirada al oír un ruido. Chiara estaba en la puerta con un vestido casi monjil y al mismo tiempo más provocativo que cualquier prenda de lencería que Nico hubiera visto en una mujer.

Los finos tirantes dejaban a la vista sus brazos torneados y su delicada clavícula. Sus senos apenas quedaban contenidos en la parte alta. De corte imperio, la parte baja flotaba sobre su vientre hasta la rodilla. Iba descalza y Nico encontró su esmalte de uñas, color coral, absurdamente provocativo.

Llevaba el cabello suelto, y Nico deseó enrollar su mano en él para tirar de Chiara y, al sentarla sobre su regazo, demostrarle lo difícil que había sido para él dormir a su lado.

Nico nunca había dormida junto a una mujer sin seducirla, y había tenido un sueño alterado por las imágenes de su noche de bodas. Al amanecer había despertado con una pulsante erección.

Chiara estaba echada boca arriba, con una mano por encima de la cabeza y la sábana bajada hasta la cintura. La fina tela del camisón dejaba intuir sus pezones. Nico había tenido que hacer acopio de toda su fuerza de voluntad para no atraparlos en su boca y succionarlos hasta endurecerlos y...

En lugar de eso, se había dado una ducha fría y había ido a ver cómo habían evolucionado los mercados internacionales en las últimas horas.

–¿Has dormido bien?

–Como un tronco –dijo Chiara–. Debía de estar más cansada de lo que pensaba. En el dormitorio que compartía con las chicas no siempre podía dormir bien.

–¿Por qué lo hiciste? –preguntó entonces Nico, desconcertándola–. ¿Por qué te fuiste tan bruscamente? ¿No me merecía una explicación?

Chiara sintió que se mareaba. Nico lo notó yendo hasta ella, la ayudó a estabilizarse antes de acomodarse en la esquina del escritorio.

–Te lo dije en la nota –dijo Chiara–. Pensé que había sido un error que nos casáramos.

–¿Por qué? Con ello conseguías lo que querías: el *castello*. ¿Qué cambió entre la boda y la mañana siguiente?

«¡Todo!» gritó una voz en la cabeza de Chiara.

Y súbitamente lo supo. Se había enamorado de Nico, y había utilizado su noche de bodas como una excusa para huir. Porque no quería enfrentarse al hecho de que jamás habría compartido aquel grado de intimidad con él de no haber estado ya parcialmente enamorada.

–Sim-simplemente cambié de idea –dijo, sonando poco creíble incluso a sus propios oídos.

–¿Después de la noche que pasamos? Recuerdo bien cómo reaccionaste, *cara*. Lo que compartimos fue excepcional. ¿Puede que te asustaras un poco?

Chiara miró a Nico. Estaba tan cerca de la verdad que se sintió aterrada. No podía dejar que lo supiera.

–No digas tonterías. Me casé contigo por el *castello*, no por... –le faltó el aliento–, por lo que pasó.

Nico se acercó a ella hasta que casi se tocaron. Chiara alzó la mirada hacia él y la asaltaron los recuerdos de lo que había pasado. De lo maravilloso que había sido.

–Lo que sucedió fue increíble –Nico tomó aire y, mirándola intensamente, continuó–: Te he maldecido todos estos meses porque no hacía más que revivir esa noche.

Nico estaba haciéndose eco de sus pensamientos como si fuera un adivino.

–Pero tú no me deseas. ¿Cómo podrías...? –Chiara dejó la frase inacabada a la vez que señalaba su vientre.

–¿Porque estás embarazada? –cuando Chiara asintió, Nico dijo–: Puede que te sorprendas, pero te encuentro incluso más atractiva. Encuentro tu cuerpo, la idea de que albergas mi semilla, extremadamente erótica.

Chiara no notaba las piernas. Solo sentía una deliciosa sensación, caliente y húmeda, en la parte más íntima de su cuerpo.

–Y tú también me deseas, Chiara.

Aunque fue una afirmación, Chiara percibió un brillo de inseguridad en los ojos de Nico. Entonces supo que podía mentir, que Nico no insistiría; que podía echar la culpa al embarazo; retroceder y romper la tensión del momento. Pero una excitación que no había sentido en meses le recorría las venas, haciéndole sentir viva. No quería mentir. Ni marcharse. Quería volver a experimentar de nuevo aquella sublime unión entre ellos.

–Sí –dijo sencillamente–. Te deseo.

Un escalofrío recorrió a Nico al hundir sus manos en el cabello de Chiara y echarle la cabeza hacia atrás.

–Lo que te he dicho de nuestra noche de bodas es verdad: nunca había deseado a nadie tanto. Y sigo deseándote con la misma intensidad.

Agachó la cabeza y le dio un beso con el que le transmitió la veracidad de sus palabras. Un beso apasionado y embriagador que hizo arder de deseo a Chiara. Sin darse cuenta de lo que hacía, buscó los botones de la camisa de Nico y los desabrochó ávidamente para poder tocar su piel.

Nico rompió el beso, jadeante. Chiara tardó unos segundos en enfocar la mirada; sus manos estaban extendidas sobre el pecho de Nico; uno de los tirantes de su vestido se había deslizado y sus senos se apretaban contra la tela del vestido. Los tenía tan sensibles que casi le dolían. Todo su cuerpo se había convertido en una zona erógena.

Nico fue hasta la puerta, cerró el pestillo y tomándola por las axilas la colocó en el borde del escritorio. Sus ojos estaban tan oscuros que brillaban como dos piedras preciosas negras. Manteniendo las manos a los lados de sus senos, musitó:

–Te necesito. Ahora.

Chiara se mordió el labio para contener su ansiedad.

–Muy bien.

Nico volvió a besarla, le separó las piernas y se colocó entre ellas. Chiara pudo notar la fuerza de su erección a través de la ropa. Actuando instintivamente, le desabrochó los pantalones y lo tomó en su mano.

Nico retrocedió con un suspiro ahogado. Chiara

bajó la mirada y ver su mano alrededor de su espectacular masculinidad estuvo a punto de hacerla enloquecer.

Nico le rasgó la parte de arriba del vestido y dejó expuesto el sujetador de encaje que albergaba sus senos; buscó el broche, lo abrió y se lo quitó. Entonces los tomó en sus manos, acariciándole los pezones con los pulgares.

—He soñado con esto... tantas veces —masculló.

Chiara sintió por primera vez una punzada de culpabilidad por haber huido, pero todo pensamiento racional se desvaneció cuando Nico empezó a succionar sus pezones. Ella apretó su duro pilar de carne. Podía sentir la tensión crecer en Nico, y dudaba que ella pudiera durar. Estaba demasiado cerca del clímax. Apartó la mano y Nico la miró.

—Ahora, Nico.

Él metió la mano por debajo del vestido y le bajó las bragas hasta que cayeron al suelo; le separó las piernas y se acomodó entre ellas. Chiara jadeaba violentamente. Una parte de ella se preguntaba qué hacía a plena luz del día, sentada sobre el escritorio de Nico, a punto de... pero entonces él la penetró con un decidido empuje y todo lo demás le dio lo mismo. Solo existía «aquello». El inexorable deslizarse de Nico dentro y fuera de ella y la exquisita acumulación de tensión que la elevaba más y más.

Le deslizó la camisa por los hombros, se asió a su cuello, lo estrechó contra sí. Nico la tomó por las nalgas, elevándola para adentrarse en ella más profundamente. Chiara le mordió el hombro para contener sus gemidos.

Su vientre se apretaba contra él y en cuanto notó que Nico le tocaba en el centro de su sensibilidad, estalló en mil partículas, contrayéndose todas ellas en torno a él, absorbiendo del cuerpo de Nico cada gota de su clímax.

Se quedaron sudorosos. Estremeciéndose, jadeando como si hubieran corrido un maratón. Cuando Nico pudo moverse, se arrancó de la férrea presión de Chiara y se irguió. Estaba mareado; exhausto. Pero también regenerado.

Chiara estaba acalorada, con el cabello revuelto; sus pezones húmedos y oscurecidos. Lo miró con los ojos de ensoñación, muy abiertos.

Una profunda satisfacción lo recorrió. Ni siquiera podía arrepentirse de haberla poseído sobre el escritorio, como un animal. Le tomó la barbilla y dijo:

–No volverás a huir, *mia cara moglie*. Y no necesitas cocinar ni crear un paraíso doméstico. Eso no me interesa. Me interesa esto, tenerte a mi lado cuando te necesito y que seas la madre de mis hijos. Por eso me casé contigo.

Cuando Chiara despertó, las persianas estaban bajadas y se filtraba una tenue luz en el dormitorio. Estaba desorientada. Sentía el cuerpo pesado y aletargado. El bebé se movió y... de pronto recordó a Nico extendiendo su mano sobre su vientre, diciendo: «No volverás a huir» y «Por eso me casé contigo».

Se había casado con ella para que fuera un trofeo y la madre de sus hijos. No para que creara un hogar acogedor, que era lo que ella siempre había soñado hacer.

Nico había dejado las cosas meridianamente claras

al recordarle de manera brutal, aunque también de un abrumador placer, cuál era su papel.

Se giró hacia el lado y se dio cuenta de que estaba desnuda. Sintió una oleada de calor al recordar que Nicó le había subido en brazos, la había echado en la cama y le había quitado el vestido destrozado antes de taparla con la sábana.

Se levantó, se puso una bata y al abrir las persianas vio que el sol se estaba poniendo. Había dormido casi todo el día. Nico le había inducido un coma por medio del placer.

Chiara se dio una ducha, se vistió con una camisa holgada que no pudiera considerarse en absoluto provocativa y se recogió el cabello mojado con un broche.

Al verla bajar, María la saludó con una sonrisa:

—Iba a ir a despertarla. El señor ha dicho que no la molestáramos hasta la cena. Está esperándola en el comedor.

Chiara se irguió, preparándose para el encuentro con su marido. Estaba sentado en la cabecera de la larguísima mesa. A su izquierda había otro plato. Chiara se acercó y se sentó. Nico dejó a un lado el periódico que estaba leyendo y la observó.

—¿Has descansado, *cara*?

Chiara se puso en guardia. No soportaba la cortés formalidad de Nico tras el sexo.

—Sí, gracias. Debería de haberme despertado antes.

—Has estado trabajando demasiado. Necesitas descansar.

Chiara percibió su tono recriminatorio y fue a protestar, pero entró una joven con la cena.

—¿Quién es? —preguntó cuando se fue.

–La hija de María –respondió Nico–. Mañana vendrá un representante de una agencia de colocación para que le digas qué tipo de servicio necesitamos. También necesitamos una niñera.

Chiara estuvo a punto de atragantarse con un bocado de pasta. La noche de bodas Nico había actuado de la misma manera: le había hecho el amor con una pasión que la había desarmado, y luego había actuado como si no hubiera pasado nada. Y Chiara se dio cuenta de que o establecía ese mismo tipo de distancia o no sobreviviría. Pero en aquel momento, la rabia le hizo estallar.

–¡No pienso dejar a mi bebé con una niñera!

–Tengo una vida social ajetreada y tendrás que estar a mi lado. Vendrás de viaje conmigo cuando yo lo determine.

«Cuando yo lo determine».

Chiara perdió el apetito.

–No soy tu empleada, Nico. Soy la madre de tu hija y pienso convertirla en mi prioridad por encima de ti o de tu carrera.

Tras pronunciar esas palabras, se puso de pie y salió de la habitación con tanta dignidad como pudo, sintiendo la mirada de Nico clavada en su espalda.

Pasó al lado de María, que la miró alarmada.

–¿Algún problema con la cena?

Chiara le tomó una mano y le dijo afectuosamente:

–Está deliciosa, pero no tengo apetito.

La mujer le dio una palmadita comprensiva en el hombro y en ese momento apareció Spiro. Chiara le acarició la cabeza y se encaminó hacia uno de sus rincones favoritos en el *castello*: la vieja biblioteca, una habitación oscura, forrada de libros del suelo al techo.

Sacó un libro que casi se sabía de memoria y se acomodó en un sillón, confiando en que le devolviera un poco de serenidad.

Nico tiró la servilleta sobre la mesa y se puso en pie. Tomando la copa de vino, fue hasta la ventana y contempló la vista de los jardines que se prologaba hasta el mar.

Suya. Finalmente.

Pero en lugar de sentir la satisfacción de la victoria, estaba inquieto, como si el mundo al que estaba acostumbrado, donde todo el mundo obedecía y el éxito engendraba éxito, se hubiera desintegrado.

Frunció el ceño pensando en la cena que Chiara había preparado la noche anterior. Nunca había probado nada tan bueno. Y, sin embargo, se resistía con todas sus fuerzas a sumergirse en aquella escena de confort doméstico.

Porque lo peor era lo tentadora que le resultaba.

No era estúpido y sabía que precisamente le atraía porque había carecido de algo así en su infancia. Secretamente, siempre había envidiado a las familias armoniosas, y había querido convencerse de que eran un espejismo, o una farsa.

Pero la noche anterior había resultado muy real en compañía de Chiara.

Numerosas mujeres habían intentado seducirlo a lo largo de los años creando un ambiente similar, convencidas de que podrían atraparlo. Pero él siempre había huido, ganándose una reputación de ser tan frío e indomable como un animal salvaje.

Así era como sí se había sentido al hacer el amor a

Chiara. Ella le hacía enloquecer, lograba que deseara cosas que siempre se había negado, o que ni siquiera era consciente de haber echado de menos. Cosas que lo debilitarían. Porque, si perdía el hambre por alcanzar el éxito, ¿qué le quedaba?

Precisamente por eso tenía que mantener a Chiara a distancia; marcar unos límites claros; evitar que se aproximara demasiado.

Apuró la copa. Chiara acabaría por adaptarse. Se acostumbraría a disfrutar del lujo y la vida fácil que él le iba a proporcionar.

Su fiera aseveración de que su hija sería su prioridad le había hecho sentir algo parecido a los celos. Nico se dijo que era una estupidez, que era bueno que Chiara se sintiera así respecto a su hija.

Se fue del comedor en su busca. Ya estaba a punto de darse por vencido cuando vio la puerta de la biblioteca entreabierta y la encontró dentro, hecha un ovillo en un sillón con un libro apoyado en el vientre.

Nico se inclinó y lo tomó. *Antología poética* de William Wordsworth. Lo dejó en la mesa más cercana y al ver que Chiara no se movía, la tomó en brazos.

Chiara estaba despierta; se había despertado en cuando Nico entró en la habitación. Había intuido su proximidad al erizársele el vello incluso antes de que entrara.

En ese momento subía las escaleras, llevándola en brazos, como si fuera una pluma. Chiara tuvo que reprimir el impulso de apretar la nariz contra su cuello y aspirar su aroma, sacar la lengua y probar su piel. Pero seguía alterada e inquieta; estaba segura de que si Nico la seducía de nuevo, no tendría fuerzas para resistirse y él habría conseguido erosionar un poco más la barrera que ya apenas la defendía.

Por eso, esperó a que la metiera en la cama y se fuera para abrir los ojos... como una cobarde.

Cuando Chiara despertó a la mañana siguiente, estaba sola. En la mesilla encontró un teléfono móvil y un cargador, con una nota encima. La leyó: *Llámame cuando te despiertes.*

Chiara marcó el número que aparecía en la nota y Nico contestó al instante, como si hubiera estado esperando la llamada. Una idea absurda, pensó Chiara.

–Buenos días, *cara.*

Chiara hubiera preferido que no la llamara *cara*, porque sonaba a mentira. Se incorporó y pretendió sonar distante.

–Buenos días, ¿dónde estás?

–En el aeropuerto. A punto de volar a Roma para unas reuniones. Vuelvo esta noche. A las siete saldremos para una cena de beneficencia en Siracusa. Uno de mis asistentes va a ir a verte por la mañana para hablar del servicio; también un decorador.

Chiara reprimió el impulso de decir: «Señor, sí, señor»; y se limitó a contestar:

–Muy bien. Hasta luego

Colgó la llamada y se echó en la cama. Aquella era su nueva realidad, y tendría que acostumbrarse a ella.

Capítulo 8

GRACIAS, Carmela.

–De nada –dijo la joven, sonriendo–. Me da la oportunidad de practicar.

La hija de María estaba formándose como esteticista, y había ayudado a Chiara a maquillarse para la noche.

–Está preciosa, *signora* Santo Domenico –añadió Carmela, dando un paso atrás para mirarla.

–Por favor, llámame Chiara

La joven se fue. Chiara se había puesto un vestido verde oscuro con escote en forma de corazón y talle corto, ajustado bajo el busto. La parte alta era de encaje, con mangas cortas. Era elegante y clásico, y disimulaba el embarazo de Chiara.

Carmela le había hecho un moño alto y con el maquillaje había logrado que sus ojos parecieran enormes.

Chiara estaba poniéndose unos zapatos a juego cuando llamaron a la puerta y Nico entró, ajustándose los gemelos. Llevaba un esmoquin blanco con pajarita negra y estaba espectacular.

Al ver a Chiara, se quedó paralizado, mirándola embelesado. Chiara sintió un hormigueo en el cuerpo al ver en sus ojos el mismo calor que se iba acumulando en ella.

–Estás... espectacular, Chiara.

–Gra-gracias –balbuceó ella, que no se acostumbraba a recibir piropos.

Nico se acercó y sacó una pequeña caja de terciopelo del bolsillo.

–Sé que este no ha sido un matrimonio tradicional, pero debería de haberte dado un anillo de compromiso. Aquí lo tienes –dijo, tendiéndole la caja.

Chiara la abrió y dejó escapar una exclamación ahogada. Era una preciosa esmeralda con dos diamantes pequeños a cada lado.

Nico la sacó y preguntó:

–A ver cómo te queda.

Chiara alzó la mano. Nico se la tomó y le deslizó la sortija en el dedo anular, junto a la alianza. Encajaba a la perfección.

Emocionada, Chiara dijo:

–No tenías que molestarte. Ha debido de costar una fortuna.

Nico sacudió la cabeza. Esbozando una sonrisa.

–La mayoría de las mujeres me habrían pedido una más grande.

Chiara alzó la cabeza.

–Yo no soy como la mayoría de las mujeres.

–No –dijo Nico–. Desde luego que no.

Chiara retiró la mano, evitando mirar a Nico para que no viera que estaba conmovida.

–Hace juego con mi vestido.

–Hace juego con tus ojos.

Chiara miró a Nico y se deslizó entre ellos una corriente eléctrica. Una deliciosa pulsión le presionó el vértice de los muslos.

Él dio un paso con mirada penetrante. Chiara se sintió atraída por un imán, alzó las manos para apoyarlas en su pecho, pero en ese momento vio la esmeralda, como un faro que le recordara que no debía acercarse demasiado a él.

–El-el maquillaje –dijo como excusa–. No va a darme tiempo a retocármelo.

Nico apretó los dientes.

–No necesitas maquillarte, pero tienes razón. Debemos irnos.

Chiara lo siguió mientras se preguntaba si le decía lo del maquillaje como piropo o porque no hacía ninguna diferencia. Pero al recordar cómo la había mirado al llegar, se le aceleró el corazón al pensar que era un halago sincero.

El chófer los llevó a Siracusa. En cuanto entraron en el restringido espacio del coche, Chiara se dio cuenta de que no iba a poder mantener a Nico a distancia indefinidamente, sino que tendría que aprender a disimular cómo se sentía cada vez que la tocaba.

–No me toques. Me das asco.

Chiara intentó disimular su perplejidad al ver a la glamurosa mujer con la que estaban charlando marcharse con paso firme, dejando plantado a su esposo. Su marido y ella acababan de tener una pelea, que se había iniciado al hacer él un comentario mordaz sobre los hábitos consumistas de su esposa.

El marido, un caballero de cabello gris, ni siquiera pareció extrañarse. Se limitó a decir:

–Disculpen a mi mujer. Le gusta airear nuestras diferencias en público. Es solo un detalle más dentro de la tortura que es nuestro matrimonio.

Nico y Chiara lo miraron mientras se alejaba. Chiara estaba estupefacta.

–Ha sido... espantoso –comentó.

Durante todo el rato se había percibido una tensión latente entre la pareja; y la mujer había coqueteado descaradamente con Nico, lo que había dado lugar al comentario hiriente de su marido.

Nico miró a Chiara.

–¿Tú crees? Quizá son solo más sinceros que los demás.

Chiara se estremeció ante el persistente cinismo de Nico. Hacía calor en la sala y vio que las puertas que daban al jardín estaban abiertas. Mascullando algo sobre el calor que sentía, se abrió paso en esa dirección.

Cuando salió a la terraza, respiró aliviada al ver que estaba prácticamente vacía. Anochecía y las luces de la catedral brillaban en la distancia. El ambiente era mágico, romántico.

Chiara posó las manos en la balaustrada de piedra y miró la esmeralda que centelleaba en su dedo, como las joyas que lucían las demás mujeres que estaban en la fiesta. ¿Sería por eso que se la había regalado Nico? ¿Para que estuviera al nivel de las demás? ¿Pensaba que no iba suficientemente «ornamentada»?

Allí estaba, casada, con una preciosa sortija de compromiso y embarazada. Siempre había pensado que si todo eso pasaba, estaría con un hombre al que amara. Y que la amara a ella. Por eso devoraba novelas románticas que escondía para que su padre no las viera.

¿Era mucho pedir amar y ser amada? No soportaba que Nico se moviera en un mundo dominado por el cinismo.

Lo percibió a su espalda y se tensó.

–¿Estás bien?

Sonó preocupado, y Chiara se volvió.

–Sí. Solo me sentía un poco agobiada.

Nico posó la mirada en su abultado abdomen.

–Tenemos que programar una cita con un médico.

–Estoy bien.

En ese momento el bebé le dio una vigorosa patada y Chiara, resoplando, se llevó a la mano al vientre.

Nico la sujetó por los brazos, alarmado.

–¿Qué pasa? ¿Es el bebé?

Chiara negó con la cabeza.

–Se ha movido –instintivamente, tomó la mano de Nico y se la apoyó en el vientre–. Seguro que repite... Espera.

Para Chiara era en aquel momento muy importante que Nico experimentara aquel instante tan puro e inocente. Su hija.

Durante unos segundos no pasó nada. Pero de pronto el bebé dio una patada aún más fuerte.

Chiara contuvo el aliento al ver la expresión maravillada de Nico y cómo se le abrían los ojos. Entonces la niña volvió a moverse y Chiara dejó escapar una risita de felicidad.

–Vaya, vaya, ¡qué bonita escena!

Nico se puso en guardia y levantó la mano. Chiara miró a la derecha y vio a una de las mujeres más hermosas que había visto en su vida mirándola de arriba abajo.

–¡Qué lista...! –ronroneó–. Quedarte embarazada para pillar a Nico. ¡Qué pena que a mí no se me ocurriera!

Y Chiara supo súbitamente que se trataba de la mujer que le había roto el corazón a Nico.

–Ya basta, Alexandra. Deja en paz a Chiara.

El tono airado de Nico no contribuyó a que Chiara

se sintiera menos insegura. La mujer seguía mirándola despectivamente.

—¿Quieres que me crea que has elegido libremente quedarte con una mujer así? No sé cómo...

—¡Basta!

La exclamación de Nico sonó como un disparo, pero Chiara alzó una mano para que no continuara. No estaba dispuesta a esperar pasivamente a que Nico la defendiera. Y menos cuando la interrupción había arruinado un momento tan especial.

Caminó hacia la mujer hasta que su vientre casi la tocó y al alzar la mirada sintió la satisfacción de verla tragar saliva con nerviosismo.

—Mi relación con Nico no es de tu incumbencia. Tú renunciaste a cualquier derecho respecto a mi marido el día que te acostaste con su mejor amigo. No eres una buena persona, pero aun así, te deseo lo mejor, porque todo el mundo se merece una oportunidad.

Antes de perder el aplomo, Chiara dio media vuelta y, volviendo al interior, cruzó la sala y bajó al vestíbulo. Afortunadamente estaba vacío, y lo recorrió arriba y bajo respirando profundamente para reducir la descarga de adrenalina que la recorría.

Nico apareció en lo alto de la escalera. Chiara lo siguió con la mirada mientras bajaba con gesto impenetrable. Pero cuando llegó a su lado, vio que esbozaba una sonrisa.

—Vaya, has manejado muy bien a Alexandra. Pero no necesitaba que me defendieras.

—No quería que tú me defendieras a mí. Perdona lo que he dicho.

Nico se puso serio.

—No tienes de qué disculparte. Es ella la que tendría que pedirte perdón. Ha sido increíblemente grosera.

Chiara miró hacia arriba.

—¿Tenemos que volver?

Nico se estremeció.

—No, por Dios. Ya estoy harto —sorprendió a Chiara al tomarle la mano—. ¿Estás cansada?

Chiara estaba demasiado alterada como para sentirse cansada. Negó con la cabeza.

—Me alegro. Quiero enseñarte una cosa —añadió entonces Nico.

—¡No había probado nunca nada tan bueno! —exclamó Chiara.

—Es el mejor helado del mundo —dijo Nico.

Chiara sonrió con timidez.

—No podría decirlo. Apenas he viajado.

—Conmigo tendrás la oportunidad de hacerlo.

Chiara miró a Nico con expresión solemne.

—Tendremos que compaginarlo con el bebé... No pienso dejarla sola por largos periodos, Nico.

—Lo sé, y te alabo por ello. Yo no he experimentado el amor maternal, así que debo confiar en tu criterio.

—Siento que no conocieras a tu madre.

Nico se encogió de hombros.

—No puedes echar de menos lo que no conoces.

Chiara no estaba de acuerdo, pero no quiso romper la paz del momento y tomó otra cucharada de su helado de limón. La heladería estaba en el paseo marítimo y estaba llena de adolescentes.

Nico le había dado su chaqueta para protegerla de la brisa del mar, y Chiara estaba encantada de que la hubiera sacado de ambiente claustrofóbico de la fiesta para llevarla allí.

—¿Por qué conoces este sitio? —preguntó a Nico.

–Me lo enseñó mi padre. Solía venir en barco de Calabria con su padre.

Permanecieron en silencio un rato. Los jóvenes se fueron y Chiara los siguió con la mirada, envidiando sus risas y su alegría.

–Sé que quieres más de la vida, Chiara –dijo de pronto Nico.

Ella lo miró sorprendida. ¿Podía leerle la mente?

–He encontrado tu colección de novelas románticas –explicó Nico–. A no ser que fueran de tu madre...

Chiara supo que podía mentir, pero no quiso hacerlo.

–No, son mías. ¿Qué quieres decir con que «quiero más»?

–Que sospecho que confiabas en experimentar un amor romántico, no un matrimonio de conveniencia.

Chiara se entretuvo removiendo el helado. No quería que Nico conectara su huida tras la noche de bodas y el secreto que guardaba. Adoptando un tono casual, dijo:

–No soy una fantasiosa, Nico. Sé que la vida no es siempre como uno espera.

Él suspiró.

–Solo quería decirte que aunque no pueda darte todo lo que quieres, prometo hacer lo posible por hacerte lo más feliz posible.

Chiara lo miró, y la llama de esperanza que había prendido al sentir juntos a su hija moverse se avivó.

–Muchas gracias –musitó.

–Me gustas y te respeto, Chiara. Me has ayudado a alcanzar el sueño de recuperar y restaurar el *castello*, me vas a dar una hija y hay muchísima química entre nosotros..., que es mucho más de lo que comparten la mayoría de las parejas que hemos visto esta noche.

Creo que tenemos un gran futuro. Que podemos ser felices.

Chiara contuvo el aliento. No había esperado que Nico fuera tan sincero. Aunque le ofrecía mucho, también le advertía de que no confiara en obtener nada más. Aquella mujer, Alexandra, le había herido profundamente, y quizá haberla visto de nuevo había reforzado sus defensas, que ya eran de por sí impenetrables.

—Está bien... Nos esforzaremos para que todo salga bien —se limitó a decir.

Nico entrelazó sus dedos con los de ella, y a pesar de su desilusión, Chiara sintió estallar el deseo en su interior al tiempo que lo veía reflejado en los ojos de Nico. Y se dio cuenta de que, a pesar de todo, la llama de esperanza que albergaba no llegaba a apagarse... todavía.

Chiara se había descalzado en el coche y al llegar al *castello*, Nico insistió en llevarla dentro en brazos.

Al llegar al dormitorio, la dejó en el suelo y fue a encender un par de lámparas antes de ponerse detrás de ella, delante del espejo, donde Chiara intentaba bajar la cremallera del vestido.

—Permíteme.

Chiara dejó caer las manos y le recorrió un escalofrío cuando él le bajó la cremallera.

—¿Tienes frío? —preguntó Nico con sorna.

Chiara lo miró a través del espejo y sacudió la cabeza.

Él sonrió y dijo:

—Ya me extrañaba.

Entonces deslizó el vestido hacia abajo hasta que

cayó al suelo en una amasijo de seda y gasa y Chiara se quedó en bragas y sujetador.

Nico le quitó el sujetador y agachó la cabeza para besarle el cuello. Chiara quería volverse, pero no podía dejar de mirarlo en el espejo.

Nico posó las manos en sus hombros.

–Mírate, *cara*. Eres preciosa.

Chiara se observó a regañadientes y vio cómo Nico le soltaba el cabello, que le caía sobre los hombros hasta casi tocarle el pecho. Entonces él la rodeó con los brazos y atrapó sus senos. Chiara vio sus pezones endurecerse, su piel enrojecer de deseo.

Su vientre formaba una curva perfecta y Nico deslizó la mano por él, hacia abajo, hasta llegar a su ropa interior. Chiara apenas podía respirar.

–Sigue mirándote.

Chiara solo pudo obedecer. Una de las manos de Nico estaba en uno de sus senos, masajeándolo, pellizcándole el pezón; su otra mano estaba entre sus piernas, explorando y buscando en su núcleo, donde estaba caliente y húmeda.

Entreabrió las piernas para facilitarle el acceso. Gimió y se mordió el labio, sin poder dejar de mirar lo que Nico le estaba haciendo. Él deslizó sus habilidosos dedos en su interior, provocándole una creciente tensión hasta que Chiara dejó escapar un profundo gemido y estalló en un espasmo de placer.

Él entonces le hizo volverse y, estrechándola contra sí, la besó apasionadamente.

Al cabo de unos segundos, cuando los espasmos habían remitido, Nico se separó de ella, le retiró el cabello de la frente y dijo:

–¿Ves? Esto es todo lo que necesitamos.

Chiara estaba demasiado exangüe como para discutir, y cuando Nico la metió en la cama, dejó que el sueño la atrapara en lugar de angustiarse por el inevitable dolor que iba a representar vivir con Nico estando enamorada de él.

Nico observó a Chiara mientras dormía sin que ni siquiera le importara la pulsante sensación de frustración sexual que recorría su cuerpo. Verla deshacerse ante el espejo había sido intensamente erótico.

El encuentro con Alexandra lo había alterado. Siempre lo alteraba, pero en aquella ocasión le había irritado que interrumpiera un momento tan privado. Y cuando había empezado a atacar a Chiara, había tardado unos segundos en darse cuenta de que esta le plantaba cara porque estaba ciego de ira. Una ira que no recordaba haber sentido nunca antes. Ni siquiera al encontrar a Alexandra en la cama con su mejor amigo

Era la primera vez que alguien lo defendía. Nico se acordaba de la paliza que le había dado una pandilla de chicos cuando era adolescente. Su padre lo había encontrado amoratado y sangrando en la calle, rodeado de sus atacantes, y se había limitado a decir: «¡Levántate! ¡Demuéstrales que eres un Santo Domenico!».

Y él había conseguido levantarse y llegar cojeando a su casa.

Tras la escena con Alexandra, él había sentido una extraña liberación, como si le quitaran una cadena. Y, sin tan siquiera molestarse en mirar a su ex, había ido tras su esposa.

Su esposa, su amante, la madre de su hija.

Nico sabía que no podía proporcionar a Chiara todo lo que ella anhelaba; ni siquiera por ella estaba dispuesto a exponerse a ser vulnerable por amor. Ver a Alexandra era un recordatorio de que ni podía ni debía hacerlo

Pero Chiara y él tenían todo lo que necesitaban para ser felices.

Capítulo 9

CHIARA se giró sobre la espalda y movió pausadamente los brazos y las piernas para no hundirse al fondo de la piscina. Era el final del verano y a Chiara le encantaba bajar al final de la tarde cuando el calor remitía, y refrescarse en la piscina.

Contempló el cielo azul y suspiró. A pesar del entorno apacible, se sentía inquieta... Conforme, pero no feliz, por más que se repetía que no tenía motivos para quejarse.

Su marido era considerado y amable. No pasaba más de tres días fuera de casa. Y cuando estaba... Chiara se ruborizó pensando en la fuerza de la atracción que había entre ellos aun a pesar de su avanzado estado.

Al entrar en el octavo mes, Nico había decidido no ir a Nueva York hasta que naciera la niña, y le había prometido que en cuanto Sofía creciera, irían los tres juntos.

Sofía.

Habían decidido ya el nombre. En honor a la querida abuela de Chiara.

María se había mudado al *castello*, junto con dos miembros permanentes del servicio. Chiara no tenía de qué preocuparse, excepto de la pared de cristal que seguía separándola de su marido. Por más que se aproximara a él nunca llegaba a alcanzarlo.

Las únicas ocasiones en que creía lograrlo, era cuando hacían el amor.

—Por fin te encuentro.

Chiara chapoteó y parpadeó para sacudirse el agua de los ojos y asegurarse que la voz de Nico no había sido una alucinación. Efectivamente, estaba al borde de la piscina, en bañador, arrebatadoramente guapo.

Era una injusticia que mientras ella se iba redondeando, el cuerpo de Nico siguiera tan hermoso como siempre. Ni un gramo de grasa, todo músculo y fibra. Y aquel hipnótico vello que le dividía los abdominales y seguía hacia abajo...

Chiara se obligó a mirarlo a los ojos y vio que sonría divertido.

—Has vuelto antes de lo que esperaba.

En teoría, iba a volver de Roma al día siguiente. Nico se tiró de cabeza y emergió a unos centímetros de ella.

Al instante su cuerpo respondió con un cosquilleo, cada poro de su cuerpo reaccionando como si fuera un imán que encontrara el norte. Nico tiró de ella hasta que sus cuerpos se tocaron.

Ella se asió a sus brazos y él sonrió con picardía.

—No pasa nada porque digas que estás contenta de verme.

Cuando actuaba así, Chiara casi olvidaba que debía protegerse.

—Vale —admitió—. Me alegro de que hayas vuelto.

Entonces Nico sonrió y nadó hacia atrás, llevándola consigo.

—Nico... —protestó Chiara débilmente, enfada consigo misma por no ofrecer resistencia.

Él hizo oídos sordos y siguió avanzando hasta que, a llegar a la parte menos profunda, se puso de pie y dejó a Chiara ante sí. Entonces la miró prolongadamente, con un anhelo que encogió el corazón de Chiara, pero en el que no pudo entretenerse porque en cuanto Nico la besó, prendió en ella una llamarada de deseo.

Nico le recorrió el cuerpo por encima del bañador, sus senos, su trasero. La empujó suavemente hasta que ella, jadeante, apoyó la espalda en el borde. Chiara podía sentirlo contra ella, duro, firme. Hundió las manos en el agua y, bajándole el bañador, lo tomó. Era la única ocasión en la que se sentía parcialmente poderosa. Cuando Nico la miraba como en aquel momento, aturdido, excitado.

—Date la vuelta —dijo él.

Ella lo soltó y se volvió de cara a mar. El corazón le latía aceleradamente. Nico le bajó los tirantes del bañador y liberó sus senos, acariciándoselos y haciendo rodar sus pezones entre sus dedos hasta endurecerlos.

Chiara recostó la cabeza en su pecho y percibió la ansiedad de Nico mientras terminaba de quitarle el bañador. Él estaba desnudo a su espalda; le separó las piernas y la inclinó hacia adelante para poder penetrarla.

El cuerpo de Chiara se amoldó a él, al tiempo que Nico iba meciéndose en su interior a un ritmo creciente. Chiara se mordió la mano para no gritar de placer. Nico empujó profundamente y la lanzó a un orgasmo tan intenso que Chiara temió desmayarse.

Él la siguió y colapsó sobre su espalda, estremeciéndose con las convulsiones del clímax.

Al cabo de unos minutos, salió de ella y le hizo volverse. Chiara seguía aturdida.

—¿Qué haces conmigo? —preguntó él con voz

ronca–. No pensaba asaltarte en la piscina, pero es acercárme a ti y...

Chiara lo miró.

–Yo podría decir lo mismo –dijo, sintiendo todavía las últimas reverberaciones de placer recorrerla.

Solo en aquellos breves instantes tras el sexo creía haber demolido la pared que los separaba. Pero pronto Nico se recuperaría y adoptaría su actitud de fría cortesía. De hecho, Chiara podía percibir que ya estaba sucediendo.

Efectivamente, Nico dio un paso atrás y ella se sintió desnuda... porque lo estaba. El bañador estaba en el fondo de la piscina.

–Espera. Voy a traerte algo que ponerte –dijo él. Fue a la pequeña cabaña que había junto a la piscina y volvió con una toalla a la cintura y un albornoz en la mano.

Se quedó en lo alto de las escaleras y Chiara cruzó los brazos sobre el pecho, avergonzada.

–¡No puedo salir así! ¿Y si me ve alguien?

–Todos están cenando en el otro lado del *castello*.

Chiara se dio cuenta de que Nico la estaba retando, y sintió brotar en su interior un impulso de rebeldía, el deseo de desconcertarlo y abrir una grita en aquel lugar frío e impersonal al que se retiraba después del sexo.

Así que salió pausadamente, sin dejar de mirarlo y se plantó ante él.

Nico se arrepintió de haberla provocado. Debía de haber aprendido ya que no debía subestimar a Chiara. La tenía ante sí, pura fertilidad sensual, los pechos voluminosos, las caderas anchas, el abdomen redondo, cobijando a su bebé. Y de pronto fue él quien temió que alguien la viera. No quería que nadie más que él pudiera contemplarla. Nunca.

La ayudó a ponerse el albornoz y esperó a que se atara el cinturón.

Si hasta entonces había creído que ella no era consciente del poder que ejercía sobre él, de que solo cuando se perdía en ella sentía que el mundo tenía sentido, en aquel instante, al verla subir sensualmente las escaleras como una diosa guerrera de la fertilidad, se dio cuenta de que estaba equivocado.

Al instante, notó que volvía a aquel lugar dentro de sí mismo donde no se sentía tan expuesto. Al ver que el brillo desaparecía de los ojos de Chiara se sintió culpable, pero ese era un sentimiento que no podía permitirse.

–María ha dicho que la cena estaría lista para cuando entráramos.

–Muy bien –dijo Chiara con tristeza–. Me ducho y voy.

Luego observó a Nico alejarse hacia el *castello*, diciéndose que un hombre como él jamás se habría fijado en ella de no haberse dado unas circunstancias excepcionales.

Sin embargo, la química que había entre ellos no parecía disminuir. Aunque eso solo serviría por un tiempo. ¿Qué sucedería cuando Nico ya no se sintiera atraído por ella? ¿Y cuando el bebé naciera, dando lugar a una realidad completamente nueva?

¿Tendría ella la fortaleza suficiente para seguir fingiendo que le bastaba con lo que tenía? ¿O las grietas que resquebrajaban su relación se irían abriendo hasta destrozarlos?

Chiara estaba segura de que un hombre como Nico no se conformaría con vivir junto una esposa a la que ya no deseaba; y ella no podría soportar que tuviera amantes.

Iba a tener que hablar con él. Pero mientras seguía recorriéndola el néctar del placer, se dijo: «Todavía no».

Una semana más tarde

Nico estaba apoyado en la jamba de la puerta de la cocina que daba a un pequeño jardín de hierbas aromáticas donde Chiara, de rodillas, estaba plantando. Llevaba una gran pamela y el cabello suelto y, como de costumbre, Nico solo podía pensar en ir hasta ella y besarla.

La fuerza de la atracción que sentía por ella se reforzaba en lugar de debilitarse, y eso le preocupaba. No porque no quisiera encontrar atractiva a su mujer; pero pensar en ella como una esposa de conveniencia no incluía sentir aquel insaciable deseo. Solo si disminuía conseguiría recuperar un dominio de sí mismo que cada vez lo eludía más.

Chiara debió percibir su presencia porque se volvió y le dedicó una sonrisa que lo dejó sin aliento.

–¿Qué demonios llevas puesto?

La sonrisa se borró del rostro de Chiara y Nico lamentó tener que ofenderla para poder respirar.

–Un peto de mi padre. He pensado que sería perfecto para trabajar en el jardín.

Nico no podía apartar los ojos de ella. No tenía sentido que la encontrara sexy con una camiseta sin mangas y un peto holgado, pero así era.

Chiara se puso en pie. Llevaba unas chanclas que dejaban a la vista sus uñas pintadas de morado. El deseo golpeó a Nico en el plexo solar y descendió hacia abajo.

–Quiero enseñarte una cosa –dijo ella.

Al ver que estaba acalorada, Nico preguntó:

–¿Cuándo has bebido agua por última vez?

Chiara parpadeó.

–Umm... Al mediodía.

Nico chasqueó la lengua con desaprobación y entró en la cocina para llevarle un vaso de agua. Ver unas gotas deslizarse por su barbilla y su escote no contribuyó a relajarlo. «*Dio*». Se sentía cargado de hormonas cuando era ella quien estaba embarazada. Era patético.

–¿Qué quieres enseñarme?

Chiara lo precedió hacia la zona de la capilla y del cementerio. Nico se paró en seco al ver que la zona en la que estaban sus antepasados había sido despejada de follaje y que había unos hombres restaurando las lápidas.

Podía sentir los ojos de Chiara clavados en él y preguntó con voz ronca.

–¿Cuándo ha empezado esto?

–Cuando fuiste a Roma –respondió Chiara nerviosa–. ¿Te molesta?

Nico se sentía como si le quitaran una capa de piel y se quedara descarnado. Era una sensación perturbadora.

–¿Por qué iba a molestarme? Para empezar, no debía haber estado tan descuidado.

–Tienes razón –dijo Chiara quedamente–. Por eso he pensado que había que rectificar la situación.

Lo que Chiara había hecho le atravesó el corazón. Nico sabía que era una reacción irracional, pero no pudo controlarla. Sentía como si el corazón se le estuviera expandiendo en el pecho, dejándolo sin aliento. También sentía que los ojos le picaban.

La única forma de contrarrestar lo que sentía era ser frío con Chiara, alejarla de sí. Solo así podía respirar.

Se volvió hacia ella.

–Limpiar el cementerio no va rectificar que tu familia nos impidiera vivir en nuestro hogar. Eso solo pasará cuando nazca nuestra hija, y después un hijo que devuelva el apellido Santo Domenico al lugar que le corresponde.

Nico se alejó de Chiara, pero la expresión de desconcertado dolor de esta se clavó en su retina. Él se dijo que era por su bien, que cuanto antes recordara por qué se habían casado, mejor.

–No te habrás olvidado del baile de beneficencia de esta noche en Nápoles, ¿no? Vamos a pasar la noche allí, así que debes preparar una bolsa de viaje.

Chiara cerró el libro sobre el embarazo que estaba leyendo y lo miró. Seguía dolida por cómo había reaccionado el día anterior al enseñarle el cementerio, pero disimuló.

–Ya la he preparado. Podemos irnos cuando quieras.

Nico miró el reloj.

–Saldremos en una hora.

Cuando se fue, Chiara se quedó pensativa. No podía concentrarse. Las grietas de su matrimonio, tal y como había intuido, eran cada vez más evidentes, pero no conseguía apagar la llama de esperanza que ardía en su interior.

Y aunque se odiaba por ello, a veces atisbaba en la mirada de Nico algo que le hacía creer en la posibilidad de que alguna vez sintiera algo por ella.

Sin embargo, el día anterior había sido implacable al recordarle cuál era su lugar. Mientras que ella había querido hacer algo para agradarle, solo había conseguido que Nico recordara sus prioridades.

Se levantó del sillón torpemente, recordándose que la suya era concentrarse en su bebé en lugar de fantasear con cosas imposibles, y fue a terminar de prepararse.

Nico sabía que se estaba portando miserablemente, pero no podía hacer nada al respecto. Habían volado a Nápoles en su avión privado y se encontraban en el hotel más lujoso de la ciudad.

En cuanto vio a Chiara salir del vestidor, habría querido arrancarle el vestido gris de corte griego que colgaba indecentemente sobre la curva del vientre.

Chiara se había hecho una trenza sobre un hombro, tenía un aspecto juvenil y fresco, y estaba demasiado sexy como para que Nico pudiera mantener el equilibrio que tanto necesitaba,

Pero no había dicho palabra y habían partido en la misma tensión que había entre ellos desde el episodio del cementerio. Nico sabía que debía disculparse; que Chiara no tenía la culpa de lo que habían hecho sus antepasados. Pero aun así, no conseguía hacerlo porque temía la ternura que había visto en sus preciosos ojos verdes. Temía cuánto deseaba volver a verla, que suavizara las asperezas que sentía en su interior.

En cuanto llegaron a la fiesta, varios socios lo asaltaron porque llevaban días tratando de hablar con él y Chiara le dijo:

—No te preocupes. Me sentaré y tomaré algo.

Transcurrido un rato, Nico no la localizaba y empezaba a inquietarse. Pero en cuanto la vio en una esquina, le irritó darse cuenta del enorme alivio que sentía. Desde ese momento, se aseguró de no perderla de vista.

—¿Le importa si me siento a su lado?

Chiara alzó la mirada y vio a una mujer de cabello gris.

—Por supuesto que no —dijo Chiara señalando la silla.

La mujer se sentó. Chiara la encontraba familiar y preguntó impulsivamente.

—¿Nos conocemos?

—No, querida. Te recordaría porque eres la mujer más hermosa que he visto en uno de estos eventos en mucho tiempo.

Chiara se ruborizó.

—Gracias, es muy amable.

La mujer le miró el vientre.

—¿Falta poco?

—Un par de semanas. Aunque me han dicho que el primero a veces se retrasa.

Entonces la mujer dijo.

—Disculpa, qué descortés por mi parte. Soy Patrizia Sorellani. Encantada de conocerte.

Chiara le estrechó la mano.

—Chiara Santo Domenico.

La mujer le retuvo la mano.

—¿Estás casada con Nicolo Santo Domenico?

Chiara asintió.

—¿Lo conoce?

La mujer retiró la mano con expresión apenada.

—Sí, en cierta medida... Soy su madre.

Chiara dominó su perplejidad a duras penas.

–¿Sabías quién era antes de acercarte? –preguntó.

La mujer asintió con tristeza.

–Espero que no te importe. Llevo tiempo intentando verlo, pero me rechaza. He pensado que quizá...

–¿Qué estás haciendo? Vete.

Las dos mujeres alzaron la cabeza y vieron a Nico con una expresión de ira que Chiara solo había visto en su primer encuentro. Instintivamente supo qué hacer.

–Tu madre quiere hablar contigo –dijo, poniéndose en pie y sosteniéndole la mirada a Nico–: ¿No puedes concederle cinco minutos?

Durante lo que pareció una eternidad, Nico guardó silencio. Finalmente, dijo:

–Está bien. Cinco minutos. Sígueme.

Dio media vuelta y salió con paso decidido. Patrizia se volvió emocionada hacia Chiara y le dio las gracias antes de seguir a su hijo.

Chiara volvió a sentarse, agitada.

Un cuarto de hora más tarde, Nico reapareció con gesto descompuesto.

–¿Qué pasa? ¿Está todo bien? –preguntó ella.

–Nos vamos –dijo él, tomándola del brazo.

Y prácticamente la arrastró al coche. Cuando ya se puso en marcha, Chiara preguntó:

–¿Cómo te ha ido con tu madre? Parece... agradable.

Nico miraba por la ventanilla en tensión.

–He escuchado lo que tenía que decirme.

–Nico...

Él se volvió.

–Ha pasado algo. Voy a dejarte en el hotel y a volar a Roma. Mañana por la tarde nos encontraremos en casa.

En otras palabras: no tenía la menor intención de hablar con ella de su madre.

Una vez llegaron al hotel, Nico acompañó a Chiara al ascensor y la dejó. Ella subió al dormitorio, enfureciéndose por momentos. Era evidente que Nico no iba a dejarle salir de los rígidos límites que le había marcado.

Después de ducharse se puso un albornoz y salió al balcón a contemplar la vista de la ciudad. Respiró profundamente y decidió enfrentarse a los hechos. Nico no iba a enamorarse de ella milagrosamente. Seguiría actuando como un lobo solitario y alejándola de él.

Tenía ante sí un futuro complicado, aislada y sola. Y tendría que decidir qué era lo mejor para ella y para su hija.

Para cuando Nico llegó al *castello* la noche siguiente, Chiara lo estaba esperando, nerviosa pero serena. Había dado la tarde libre al personal para no ser interrumpidos.

—No deberías de haberme esperado despierta —dijo él al verla.

Chiara vio que parecía cansado.

—¿Ha ido todo bien?

Nico fue hacia el mueble-bar aflojándose la corbata; se sirvió un whisky y se lo bebió de un trago. Luego se volvió.

—Se ha producido un incendio en una planta de tecnológica en Roma.

Chiara dejó escapar una exclamación ahogada.

—¿Hay alguien herido?

—No, afortunadamente estaba vacía. Los guardas de seguridad dieron la alarma. Lo cubrirá el seguro.

Chiara dijo:

–Debías de habérmelo dicho, Nico.

–No tiene nada que ver contigo.

–¡Claro que sí! Soy tu mujer.

Tras un largo silencio, Nico dijo:

–Está bien. Y te debo una disculpa por lo del cementerio. Me tomó por sorpresa y reaccioné atacándote cuando lo habías hecho con la mejor intención.

–Eso es verdad, pero tal vez debía de haberlo consultado antes contigo. Después de todo, este no es ya mi hogar.

–Claro que sí –la corrigió Nico–. Estás embarazada de mí.

Chiara sintió una creciente desesperación ante la enervante calma de Nico.

–En realidad estoy aquí solo porque querías hacerte con el *castello* lo antes posible y porque yo no quería perderlo. Y luego me quedé embarazada. Los dos sabemos que no estaría aquí si no fuera por esa secuencia de acontecimientos –Chiara se obligó a continuar–. Sé que no serías capaz de echarme, pero también que nunca seré nada más que una invitada de honor para ti.

–¿De qué estás hablando?

–De que estás decidido a mantenerme alejada de ti. Nico. En cuanto nos acercamos, me alejas. Sé que me dijiste que no podías darme más, y pensé que podría sobrellevarlo. Pero no es así.

Nico la miró en silencio y Chiara continuó antes de perder el valor.

–Lo cierto es que estoy enamorada de ti desde hace tiempo, Nico. Creo que desde la noche de bodas. Y cuando al día siguiente actuaste con tanta frialdad, me di cuenta de que había cometido un error. Para ti había sido algo meramente físico... A mí me había cambiado la vida. Tuve tanto miedo de que lo notaras, que hui, confiando en no volver a verte. Pero me quedé embarazada, y volví aquí contigo. He intentado convencerme de que no te amo, de que solo estoy fascinada porque has sido mi primer amante. Pero te amo, Nico, y no voy a poder vivir contigo si no puedes darme más. Por eso, creo que será mejor que cuando nazca la niña, me vaya. Ya concretaremos los detalles de la custodia más adelante.

Chiara calló con el corazón desbocado. Nico la miraba perplejo.

–¿Por qué me dices que me amas? ¿Crees que así te daré las escrituras del *castello*?

A pesar de que sabía que debía de haberlo esperado, a Chiara le aterró su cinismo.

–No pretendo nada –dijo–. Solo lucho por sobrevivir.

–Vas a tener a mi hija. No puedes irte.

Chiara alzó la barbilla.

–Cuando nazca la niña voy a solicitar el divorcio.

Nico sacudió la cabeza.

–Chiara, esto es una locura. Sabes que lo que hay entre nosotros... –fue hacia ella y Chiara entró en pánico porque sabía que si la tocaba estaba perdida.

Alzó las manos.

–Por favor, Nico, no. Ahora no.

Vio en los ojos de *él* que sabía que bastaría con tocarla para convencerla de lo que quisiera.

–Esta noche duermo sola –dijo, angustiada–. Necesito espacio.

De pronto el rostro de Nico adoptó la máscara de indiferencia que Chiara conocía tan bien y tuvo la certeza de que estaba actuando correctamente. Tenía que dar aquel paso.

–Lo hablaremos mañana –dijo él en tono severo.

Chiara salió precipitadamente. Sentía un intenso dolor en la espalda que atribuyó al estrés.

Estaba a punto de meterse en la cama cuando sintió una contracción en el vientre. Fue tan fuerte que tardó en recuperar la respiración. Cuando remitió y tomó una bocanada de aire, se dio cuenta de que estaba mojada. Bajó la mirada y por un instante tuvo la espantosa sospecha de haberse orinado, pero entonces se dio cuenta de que había roto aguas.

Sintiendo frío y sudando a un tiempo, bajó en busca de Nico, pero no estaba ni en la sala ni en el despacho. Una nueva contracción la sacudió, haciendo que se doblara de dolor con un gemido. La contracción fue más larga y dolorosa, y Chiara se aterró al sentir el impulso de empujar.

Se obligó a mantener la calma y respirar profundamente a medida que abría puertas buscando a Nico. Cuando por fin dio con él en el gimnasio, cayó de rodillas con la fuerza de una nueva contracción y Nico corrió hasta ella.

Chiara se asió a él y balbuceó:

–He roto aguas... Contracciones... Estoy de parto....

Nico se quedó paralizado, y cuando la contracción pasó, Chiara le apretó la mano y dijo:

–Esto es lo que le pasó a mi madre, Nico. Estaba en el *castello* y tuvo complicaciones. Tengo miedo.

Nico la levantó en brazos.

–Tranquila –dijo con fiereza–. Eso no te va a pasar a ti. Nos vamos al hospital.

Chiara sintió llegar la siguiente contracción.

–No hay tiempo, Nico... La niña viene. Tengo que empujar. Llama a una ambulancia, te dirán qué hacer.

Después de que Nico la dejara en la cama y oír que

hablaba con un médico, todo se difuminó para Chiara. Estaba en las garras de una fuerza primaria y tenía que asirse a la vida. Solo era consciente de que debía atender a las instrucciones de Nico. Tras lo que le parecieron horas de un dolor espantoso, sintió una gigantesca liberación entre las piernas, el dolor desapareció, y entonces vio el rostro maravillado de Nico y a la pequeña que sujetaba en brazos.

Chiara vio una ráfaga de luces y de pronto, se sumió en una deliciosa y apacible oscuridad.

Capítulo 10

ME ALEGRO de anunciarle, *signora* Santo Domenico, que mañana mismo puede volver a casa.

Chiara no pudo contener cierta ansiedad aunque tenía a su preciosa niña durmiendo en sus brazos.

—¿No ha habido ninguna complicación?

El medico miró a Nico antes de contestar:

—Su marido me ha contado lo que le pasó a su madre. Todo ha ido bien. Solo se desmayó por el estrés y el dolor.

Chiara sonrió, aunque sabía que no todo estaba bien. Le había dicho a Nico que lo amaba y él se había limitado a contestar que no la dejaría ir...

—Chiara...

Chiara lo miró con prevención.

—Deberías irte a casa, Nico. Gracias por lo que has hecho. No sé qué habría pasado si no hubieras estado.

El rostro de Nico se ensombreció.

—Soy tu esposo, maldita sea. No tienes que darme las gracias. Ha sido la experiencia más profunda de toda mi vida.

Chiara sintió el corazón en un puño al recordar la expresión del rostro de Nico antes de perder ella el conocimiento.

—Chiara, necesitamos hablar.

Ella sacudió la cabeza. No estaba preparada para mantener aquella conversación.

—Estoy cansada, Nico. Vete a casa. Hablaremos en otro momento...

Nico vaciló, pero finalmente dijo:

—Está bien. Volveré más tarde.

Cuando salió, Chiara notó que una lágrima le rodaba por la mejilla. Las últimas horas habían sido una montaña rusa emocional, y necesitaba conservar toda su fuerza para la batalla que le esperaba con un hombre que insistiría en que se quedase a su lado aunque no la amaba.

Volvió la mirada a su hija y la invadió una oleada de amor maternal y de gratitud porque hubiera nacido tan saludable.

Cuando Chiara despertó horas más tarde, miró automáticamente a la cuna y al verla vacía, alzó la cabeza poseída por el pánico.

Pero entonces la vio y tuvo que parpadear varias veces. Nico la tenía en brazos y la pequeña cerraba la mano alrededor de su dedo índice. Había tal expresión de asombro y maravilla en el rostro de Nico que Chiara se emocionó. Tenía ante sí la prueba de que Nico sí podía tener sentimientos. Estaba enamorado, pero no de ella.

Chiara se preguntó entonces si se había precipitado. Porque si Nico podía amar a su hija, quizá ella tenía el deber de intentar que su matrimonio funcionara.

Nico debió de oírla moverse porque se volvió a mirarla. Su rostro inmediatamente se ensombreció y Chiara supo al instante que no era lo bastante fuerte como para pasar la vida junto a un hombre que no la amaba.

Todo lo que Nico vio fueron los brillantes ojos verdes de Chiara, y se preguntó si habría sido testigo el instante en el que, al mirar a su hija, su corazón se había henchido hasta casi estallarle en el pecho.

Sujetar el frágil y resbaladizo cuerpo de su bebé al nacer había sido una experiencia mágica, que se había convertido en terror al ver que Chiara se había desmayado.

Todos los sentimientos que había mantenido bloqueados durante años habían estallado en aquel instante. Las paredes que había erigido para mantenerse a salvo habían colapsado. Había sido un idiota creyendo que podría contener los sentimientos que habían ido creciendo en su interior desde el instante en que había puesto sus ojos en Chiara Caruso.

Afortunadamente, un Dios en el que no confiaba hacía tiempo, había escuchado sus fervorosos rezos y las había mantenido vivas, a ella y a la niña.

Sintiéndose más vulnerable que nunca, Nico llevó a Sofía junto a Chiara y se la pasó. No sabía por dónde empezar.

–Chiara...

–Tengo que darle de mamar y que cambiarla –dijo ella, desviando la mirada desde él hacia la niña.

Su reacción fue como una bofetada, pero Nico volvió a intentarlo.

–Chiara...

Ella lo miró inexpresiva.

–Estamos bien. Puedes irte. Es tarde.

Nico experimentó un desconcertante sentimiento de derrota, pero también una renovada determinación. Le esperaba lo más difícil: convencer a Chiara de que lo escuchara, y aún más, que creyera lo que tenía que decirle.

Al día siguiente, Chiara recibió el alta junto con Sofía. Nico las recogió en un coche familiar recién comprado, con sillita para el bebé en la parte de atrás, donde viajó Chiara para atender a Sofía.

Sabía que tenía que hablar con Nico, pero se dijo que esperaría a sentirse más fuerte.

Cuando llegaron al *castello* le emocionó que el personal la recibiera en formación para darle la bienvenida. María estaba entusiasmada con Sofía, y hasta los jardineros parecían emocionados.

Spiro acudió y la hocicó en el muslo, como si quisiera recordarle que estaba allí. Chiara había notado que cada vez seguía más a Nico y que cuando ella estaba ausente, se echaba bajo su escritorio.

Subió con Sofía al dormitorio de la niña, que estaba enfrente del dormitorio principal. Era una preciosa habitación luminosa y decorada animadamente. Al llegar a la puerta se quedó paralizada al ver las nuevas adquisiciones que habían aparecido en su ausencia: muñecos de peluche por todos lados y una mecedora con reposapiés, perfecta para dar de mamar a la niña.

Percibió a Nico a su espalda y preguntó:

–¿Te has ocupado tú de esto?

–Sí –dijo Nico en tono inseguro.

A Chiara le emocionó que hubiera tenido ese detalle y supo que no podía arriesgarse a mirarlo, así que entró diciendo:

–Gracias. Voy a cambiar a Sofía y a darle de mamar. ¿Te importa dejarnos solas?

Hubo un momento de tensión y Chiara temió perder los nervios, pero entonces Nico dijo:

–Claro –y cerró la puerta.

Chiara se sentía fatal por tratarlo tan fríamente, pero sabía que si compartía con Nico aquellos momentos de ternura, acabaría por quebrarse.

–Chiara, despierta.

Chiara abrió los ojos y, al erguirse bruscamente, la mecedora la propulsó hacia adelante.

Nico la estabilizó sujetándola por los brazos.

–Te has quedado dormida. María tendrá la cena lista en media hora y yo te he preparado un baño.

Chiara miró al lado y vio a Sofía durmiendo apaciblemente en la cuna.

–Sofía...

–Está bien –dijo Nico–. Le he sacado los aires y la he cambiado.

Chiara se espabiló completamente.

–¿Has hecho todo eso?

–Me ha enseñado María –Nico le señaló un monitor–. Si se despierta, la oiremos.

Chiara lo siguió al cuarto de baño, donde la esperaba un fragante baño espumoso. Nico la dejó sola y ella entonces vio que también le había dejado preparado un conjunto de ropa cómoda, unas mallas y un jersey de cachemira holgado.

Se metió en el baño con un gemido de placer y sintió el agua caliente relajar las zonas de su cuerpo que seguían doloridas por el parto. Se habría quedado dormida si Nico no hubiera llamado a la puerta al cabo de un rato.

Cuando salió, se sentía como nueva. Esquivó la mirada de Nico e intentó no fijarse en lo guapo que estaba con unos pantalones oscuros y una camisa de manga larga. Tras comprobar que Sofía seguía durmiendo, fueron al comedor.

María les sirvió un delicioso guiso siciliano, y solo cuando Chiara se reclinó en el respaldo de su silla, saciada y relajada, y vio el brillo calculador que había en la mirada de Nico, se dio cuenta de que una vez más, se había dejado manipular por él.

—Chiara... tenemos que hablar.

Ella se tensó automáticamente.

—No tenemos nada de qué hablar.

Nico alzó una mano.

—Vale, pues deja que te hable de mi madre. Aquella noche no pude contártelo porque todavía no lo había asimilado.

Chiara se irguió con curiosidad. No había esperado que Nico quisiera hablarle de su madre.

—Cuéntame...

Nico suspiró.

—En la fiesta me contó por qué me había abandonado. Desde la adolescencia padecía una leve bipolaridad. Cuando se quedó embarazada de mí, su condición empeoró, pero no podía tomar la medicación que le hubiera hecho mejorar. Mi padre no fue capaz de comprenderla. Y para cuando me tuvo, mi madre estaba aterrada y temió huir conmigo. Por eso se marchó. Me dijo que había vuelto un par de años más tarde, una vez su condición se estabilizó, pero mi padre se negó a verla. Le dijo que se fuera y que no volviera jamás.

Chiara no pudo evitar sentir lástima por Nico y por su madre.

–Lo siento mucho...

Nico sacudió la cabeza.

–Siempre la he culpado a ella, pero fue mi padre quien no le dio una oportunidad. Ella no tenía recursos para emprender una batalla legal que, en cualquier caso, habría perdido. Así que siguió con su vida. Pero aparentemente, nunca dejó de escribirme. Se ve que mi padre rompía las cartas.

Chiara cerró el puño para no acariciar el rostro de Nico.

–Me alegro de que te lo haya contado. ¿Vais a seguir en contacto?

–Sí, hemos quedado en vernos. Pero tengo que agradecerte a ti que me obligaras a escucharla. Si no...

–Estoy segura de que lo habrías hecho más tarde o más temprano.

Sintiéndose todavía más vulnerable, Chiara dejó la servilleta sobre la mesa. Iba a excusarse y marcharse, pero Nico la detuvo.

–Espera, tengo que decirte algo.

Chiara sintió el corazón acelerársele. Tenía que escapar de la fuerza inexorable con la que Nico la atraía, pero se obligó a quedarse.

–¿El qué?

–Te amo –dijo él, mirándola fijamente.

Chiara se quedó sin aliento.

–¿Qué has dicho?

–Que te amo.

Temblando de pies a cabeza, Chiara se puso en pie para alejarse de la órbita de atracción de Nico.

Creer en sus palabras era demasiado arriesgado. Nico le había hablado de su madre solo para jugar con sus emociones. No quería perder a su hija. Haría cualquier cosa por conseguir que se quedara.

–No tienes que decir eso porque yo lo dijera, Nico. Él se levantó.

–Lo digo porque es verdad.

Chiara sacudió la cabeza, incrédula.

–La noche en la que nació Sofía fue tan intensa que es natural que confundas la fuerza de esos sentimientos con...

–No me trates como a un crío, Chiara. Sé lo que siento

Chiara contuvo el impulso de decirle que él la había dicho algo parecido respecto a la noche en que ella había perdido la virginidad.

–¿No es casualidad que esta revelación te haya llegado después de que te dijera que quería el divorcio y que me llevaría a la niña; justo cuando más te importa proyectar una imagen de familia unida?

Nico sacudió la cabeza.

–Antes no eras tan cínica.

–He aprendido de ti –replicó Chiara, mordaz. Pero se arrepintió al instante. Efectivamente, ella no era así–. Estoy cansada, Nico. Voy a llevarme la cuna al dormitorio. Sofía necesitará mamar en un rato. Te rogaría que me dejaras dormir sola.

Nico apretó los dientes, pero finalmente dijo:

–Muy bien. Dormiré en el cuarto de invitados.

Mientras subía las escaleras, Chiara se dijo que había hecho lo correcto. Sabía que Nico era capaz de cualquier cosa con tal de conseguir lo que quería..., incluso de decirle que la amaba.

Cuando despertó de madrugada, Chiara vio una nota en la almohada, a su lado. La leyó:

Chiara,
Tengo que ir a Roma para un par de días. Ha-
blaremos cuando vuelva.
Nico

Chiara sintió una enorme desilusión. Aunque se hubiera negado a creer a Nico, había despertado albergando una brizna de esperanza, y antes de ver la nota había pensado que, si Nico volvía decírselo... si intentaba convencerla... quizá podría creerlo.

Pero había estado en lo cierto. Nico había dejado de fingir y volvía al trabajo. Quizá hasta estaba con su abogado, redactando los papeles del divorcio.

En ese momento despertó Sofía, Chiara la tomó en brazos para darle de mamar, recordándose que la niña tenía que ser su prioridad.

Nico vio a Chiara con un bañador sin tirantes echada en una hamaca, a la sombra. Sofía estaba a su lado, en un cochecito protegido por una sombrilla.

Conmovido, Nico pensó que nunca había encontrado a Chiara tan hermosa, y una vez más, tuvo la certeza de que si no conseguía convencerla, estaría perdido.

Chiara, que estaba adormecida, percibió la presencia de Nico incluso antes de verlo, tal y como le sucedía siempre. Por primera vez desde que había dado a luz, sintió algo removerse en su interior y se le erizó el vello de los brazos. Abrió los ojos y lo vio, mirándola con gesto de determinación.

Ella se incorporó, tapándose los hombros con un chal.

–Nico, ya has vuelto.

De hecho, debía de haber llegado hacía un rato, porque le había dado tiempo de cambiarse de ropa.

Él se aproximó y se sentó en una hamaca junto a la de ella. Chiara respiró profundamente. Su llegada anticipada la había tomado por sorpresa.

—Te dije que hablaríamos cuando volviera.

Chiara se removió, nerviosa.

—Sofía está a punto de despertarse para la siguiente toma.

—Deja de usar a nuestra hija de excusa, Chiara. Solo quiero que me escuches un momento, ¿es demasiado pedir?

Nico usó un tono suplicante que dejó a Chiara paralizada.

—No, claro que no. Dime.

Nico se pasó una mano por el cabello y masculló:

—¡Dios, esto es espantosamente difícil! —luego miró a Chiara y dijo—: Te dije que te amaba y es verdad.

Ella fue a interrumpirlo pero el continuó:

—No, deja que termine. Entiendo que, dadas las circunstancias, no me creas. Pero la verdad es que no sabía cómo actuar. Mi padre nunca me mostró ningún afecto. Mi relación con Alexandra fue inmadura y egoísta. Creía amarla, así que asocié el amor con la traición. Tuve que volver a verla, a tu lado, para darme cuenta de que nunca había sentido nada por ella. Creo que fue entonces cuando supe que estaba enamorado de ti, pero no tuve el valor de admitirlo hasta que tú me plantaste cara. Aun así, solo fui capaz de hablarte de «afecto y respeto». Eso era lo que me decía a mí mismo.

Tomó aire y continuó:

—Creo que intuí que me amabas. Pero fui tan arrogante como para creer que tú me amabas, pero que yo a ti, no. Sin embargo, no soportaba estar alejado de ti más de dos días; no se me pasaba por la cabeza poder desear a otra mujer; no comprendía por qué cada vez te deseaba más, por qué mis sentimientos eran cada vez más profundos.

Hizo una pausa para poder seguir:

–Has tenido detalles maravillosos, como lo del cementerio o hacerme hablar con mi madre. Pero los sentimientos que removías en mí, me aterrorizaban. Me resultaba más fácil alejarte de mí. Por eso comprendo que no me creas cuando te digo que te amo –suspiró profundamente–. Y sí, tuvo que nacer Sofía para que finalmente admitiera la verdad... Necesité estar a punto de perderte para recuperar mi corazón...

Chiara había enmudecido. Nico sacó un papel del bolsillo y se lo tendió. Chiara temió que se tratara del contrato de divorcio.

–Nico...

Él se lo puso en la mano.

–Léelo, por favor.

Chiara lo desdobló y tardó unos segundos en descifrarlo.

–Son las escrituras del *castello*, a nombre de Caruso –dijo perpleja.

–Tenía que hacer algo para convencerte. El *castello* es tuyo. No es más que piedra y cemento. Todo lo que a mí me importa está aquí en este momento.

Entones Nico sacó una caja pequeña del bolsillo. Chiara vio que le temblaban las manos cuando la abrió y le mostró una alianza de oro con pequeñas esmeraldas.

–Es un anillo de eternidad porque quiero pasar el resto de mi vida contigo, Chiara. Quiero ser tu marido, tu compañero y tu amante.

Chiara tenía la garganta atenazada por la emoción y no podía hablar. Sacudió la cabeza, cerró la caja y se puso en pie. Al ver la expresión de angustia de Nico se dio cuenta de que estaba interpretando su reacción erróneamente.

–Lo siento, Chiara, no pretendía hacerte daño. Si quieres el divorcio, te lo concederé.

Nico dio media vuelta y empezó a alejarse antes de que Chiara recuperara la movilidad. Entonces gritó:

–¡Para!

Y fue hasta él con piernas temblorosas.

–No me has dejado terminar.

Nico se volvió hacia ella con una mueca de dolor. Ella tomó aire.

–Lo que quería decirte es que te amo con todo mi corazón, y que yo también quiero pasar el resto de mi vida contigo.

La expresión de alivio que iluminó el rostro de Nico fue la mejor prueba de hasta qué punto había temido perderla. Se fundieron en un abrazo y sus bocas se buscaron en una apasionando beso.

Cuando se separaron, Chiara acarició los labios de Nico y dijo:

–Te adoro, Nico. Mereces ser feliz.

–Tú y Sofía sois mi felicidad. Para siempre.

Chiara vio en sus ojos todo el amor y la pasión que había estado conteniendo. Suspiró profundamente y por fin se permitió creer plenamente. Como si le leyera el pensamiento, Nico dijo:

–Tú también mereces ser feliz, *cara*.

–Lo soy... Por fin –dijo ella con una sonrisa trémula.

En ese momento les llegó el sonido de llanto y sonrieron.

–Más tarde, *mio amore*, te demostraré cuánto te amo –susurró Nico, acariciando la mejilla de Chiara.

Ella le tomó lo mano y lo guio hasta la sillita. Mientras Chiara daba de mamar a Sofía, Nico le puso el anillo y luego entrelazó sus dedos con los de ella, dejándose inundar de un bienestar que no había experimentado en toda su vida.

Nunca había creído en el amor... Pero en aquel instante, era en lo único que creía.

Epílogo

CHIARA sintió que dos brazos la abrazaban por detrás. Luego, notó el musculoso pecho de su marido contra la espalda, y sus piernas rozando las de ella, sobre la arena.

Se reclinó hacia atrás, descansando su peso en el pecho de Nico, y suspiró de felicidad.

–Ya has vuelto.

–Te dije que llegaría para la cena.

Chiara giró la cabeza para mirarlo.

–¿Echas mucho de menos la animación de Roma y de Nueva York?

Nico había trasladado sus oficinas centrales a Siracusa, a las que se desplazaba a diario. Solo se ausentaba cuando iba al extranjero, donde ella lo acompañaba siempre que era posible.

–En absoluto –contestó Nico.

Chiara sintió su voz reverberar en su cuerpo como un alegre murmullo.

–¿Has hablado con tu madre?

–Sí, vendrá el fin de semana.

–Me alegro.

Chiara se sentía feliz por la buena relación que Nico y Patrizia habían establecido. A su suegra le encantaba ir a visitarlos.

Nico le besó la sien y preguntó:

–¿Se parece esta vida a la que soñabas tener?

Chiara le había contado sus sueños respecto al *castello*. Miró a su alrededor y sonrió. A veces sentía el corazón expandírsele hasta que temía que fuera a explotarle. Como en aquel instante, en la pequeña playa que siempre había adorado.

Su hija mayor, Sofía, llevaba de la mano a Luca, de un año, y jugaba con él a saltar las olas. El niño gritaba excitado cada vez que el agua le alcanzaba los pies. Era idéntico a Nico.

Los gemelos, Alicia y Alessandro, hacían castillos de arena bajo una sombrilla. Ambos tenían los ojos verdes de su madre y el cabello casi rubio.

En el aire resonaban risas y gritos de felicidad. Chiara asintió contra el pecho de Nico.

—No se parece... Es mil veces mejor.

Nico entrelazó sus dedos con los de ella.

—Yo ni siquiera soñaba con algo así. Todo te lo debo a ti.

Chiara giró la cabeza hacia atrás y Nico le besó los labios como preludio a los placeres que les esperaban por la noche.

En ese momento, Alicia gritó entusiasmada:

—¡Papá, ya estás aquí!

Chiara sintió a Nico sonreír contra sus labios y al instante la calma se transformó en un alegre caos, con los cuatro niños, de entre uno y seis años, abalanzándose sobre ellos en una mar de piernas, brazos y besos.

Al aproximarse el atardecer, Chiara y Nico reunieron a su familia y volvieron al *castello*. La piedra del dintel de entrada tenía tallado el nombre *Castello Sano Domenico Caruso*, tal y como reflejaban las escrituras.

Pasaron junto a lo que habían sido dos cementerios. Ya solo quedaba uno, el de dos familias unidas finalmente por el amor.

¡Por fin podía reclamar su herencia!

EN DEUDA CON EL JEQUE

Annie West

Cuatro años después de heredar, y liberar, a Lina, el poderoso emir Sayid se quedó perplejo al comprobar la transformación de la que había sido su concubina. Lina ya no era tímida e ingenua, sino una mujer irresistible y llena de energía. Sayid nunca había deseado tanto a nadie. Sin embargo, se debía a su país y solo podía ofrecerle una breve aventura. ¿Aceptaría Lina la escandalosa propuesta de pasar una semana en la cama de Sayid?

Acepte 2 de nuestras mejores novelas de amor GRATIS

¡Y reciba un regalo sorpresa!

Oferta especial de tiempo limitado

Rellene el cupón y envíelo a
Harlequin Reader Service®
3010 Walden Ave.
P.O. Box 1867
Buffalo, N.Y. 14240-1867

¡Si! Por favor, envíenme 2 novelas de amor de Harlequin (1 Bianca® y 1 Deseo®) gratis, más el regalo sorpresa. Luego remítanme 4 novelas nuevas todos los meses, las cuales recibiré mucho antes de que aparezcan en librerías, y factúrenme al bajo precio de $3,24 cada una, más $0,25 por envío e impuesto de ventas, si corresponde*. Este es el precio total, y es un ahorro de casi el 20% sobre el precio de portada. !Una oferta excelente! Entiendo que el hecho de aceptar estos libros y el regalo no me obliga en forma alguna a la compra de libros adicionales. Y también que puedo devolver cualquier envío y cancelar en cualquier momento. Aún si decido no comprar ningún otro libro de Harlequin, los 2 libros gratis y el regalo sorpresa son míos para siempre.

416 LBN DU7N

Nombre y apellido	(Por favor, letra de molde)
Dirección	Apartamento No.
Ciudad	Estado	Zona postal

Esta oferta se limita a un pedido por hogar y no está disponible para los subscriptores actuales de Deseo® y Bianca®.
*Los términos y precios quedan sujetos a cambios sin aviso previo.
Impuestos de ventas aplican en N.Y.

DESEO

Él nunca se había resistido a las tentaciones

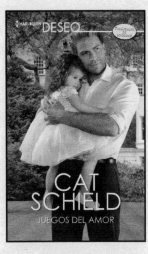

Juegos del amor

CAT SCHIELD

Se esperaba que el millonario Linc Thurston se casara con una mujer de su posición, no que se sintiera atraído por su ama de llaves. Sin embargo, Claire Robbins no se parecía a ninguna madre soltera ni a ninguna mujer que hubiese conocido: era hermosa y cautivadora... y ocultaba algo. Aun así, no pudo evitar meterla en su cama, pero ¿se mantendría la intensidad de esa pasión cuando las traiciones de Linc los alcanzaran a los dos?

Bianca

No tenía elección, tenía que casarse con él

BATALLA SENSUAL

Maggie Cox

Lily no había imaginado que su casero, que quería echarla de casa, sería el atractivo magnate Bastian Carrera.

La hostilidad inicial los había llevado a un encuentro extraordinariamente sensual cuyas consecuencias fueron sorprendentes. Para reivindicar su derecho a ejercer de padre y a estar con la mujer que tanto lo había hecho disfrutar, Bastian le pidió a Lily que se casase con él. ¿Pero podía ser ella completamente suya cuando lo único que le ofrecía era un anillo?